国家出版基金项目
NATIONAL PUBLICATION FOUNDATION

"十二五"国家重点出版物出版规划项目

走向世界丛书

主编　钟叔河　曾德明　杨云辉

FROM EAST TO WEST

池仲祐 西行日记

杨向群　校点

岳麓書社·长沙

本册总目□

丛书新序

钟叔河

二〇一三年十月

“走向世界丛书”一百种，只收晚清时期 from east to west（从东方到西方）的记述，这并不等于说，只有十九世纪末二十世纪初的中国人，才需要面对走向世界的问题。

纵观人类历史，走向世界决不是什么地区性和阶段性的活动，而是不断出现在全人类发展进步过程中并与之同步的历史现象。一百万年前，人类开始从非洲进入亚洲和欧洲，一万年前，又从亚洲进入北美洲和大洋洲，就是在不断地走向世界。

从有史以来的文献、文物看，三千多年前的《奥德赛》和《出埃及记》，说的是古希腊人和以色列人走向世界——走向地中海和巴勒斯坦。两千多年前的《史记》和《汉书》，写了张骞和后来汉朝“益发使”走向世界——曾走到罗马在西亚的边陲。一千三百年前的《大秦景教流行中国碑》、七百年前的《马可·波罗游记》和四百年前的《利玛窦中国札记》，记下了阿罗本、马可·波罗、利玛窦的 from west to east，这和 from east to west 一样，都是在走向世界。

人类曾因地理、种族、制度、意识形态等原因而互相分离，甚至隔绝。夜郎国的君长初见汉使时问：“汉孰与我大?”当是时，夜郎的世界僻处黔西，其“大”可知；连夜郎都未入版图，则汉之“大”亦远不如今之中国。但人为万物之灵，为了求生存谋发展，总不能老守着自己的一亩三分地，总会要想方设法走向世界——走向更广阔的外部世界。于是，汉要“通西南夷”，要前往原来“道险终不能有”的夜郎；夜郎要问“汉孰与我大”，要想改变原来“不知汉广大”的状况。由互相隔绝变而互相接近，互求了解，这就是走向世界。

走向世界，无论是自己走出去还是让别人走进来（总比让别人杀进来好），无论是主动的还是被动的，从总的历史进程看，用大的历史眼光看，都有利于发展，都是一种进步。对汉朝来说是如此，对夜郎来说亦是如此。两千年前是如此，两千年后亦是如此。上世纪七十年代末开始编辑出版“走向世界丛书”时是如此，如今来继续编辑出版这部丛书时亦是如此。

今天的中国已不再是七十年代的中国，虽然仍称发展中国家，经济总量却早已“超英”，正在“赶美”，但走向世界的路还“漫漫其修远”。时至现代，走向世界当然是要走向现代化的世界，也就是要高度现代化，全盘现代化。“四个现代化”的“四个”——工业、农业、科技和国防，已经“化”出了很大的成绩，而我们的管理现代化，我们的服务现代化，我们的制度现代化……要走的路的确还很长。

现代人走向世界，首先要使自己成为能接受全球文明，有世界知识，有世界眼光，有世界理想的人。“走向世界丛书”杰出的作者，如郭嵩焘、黄遵宪……又如邹代钧、金绍城……他们看到的新技术还是德律风（送话器和最早的手摇电话机）、火轮车（蒸汽机车）……我们如今却已经用上了智能手机、坐上了波音飞机……但在思想层面上，我（不敢称我们）反省自己的世界眼光和世界理想，甚至在世界知识的某些方面，比起一个多世纪以前的郭、黄他们来，差距实在还不小。在这方面，也就是人的现代化这方面，要走的路就更“漫漫其修远”了。

五年前北京奥运会的成功举世公认，它已经成为中国走向世界的一大标志。它的口号：

ONE WORLD, ONE DREAM

“同一个世界，同一个梦想”，这也应该是现代人走向世界的志向和目的，是我们继续编辑出版“走向世界丛书”的志向和目的。

丛书原序□

钟叔河

一九八〇年七月

人们常说，今日之世界，乃是一个“迅速缩小的世界”（rapidly shrinking world）。在电视卫星、激光通信和喷气式客机的时代，地球之上各地之间的距离，确实好像越来越短，人们相互间的接触和交流，也越来越方便和密切了。

可是，仅仅在几代人以前，异国还显得那样的离奇和遥远。古代欧洲人说，中国人用小米和青芦喂一种类似蜘蛛的昆虫，喂到第五年虫肚子胀裂开，就从里面取出丝来（Pausanias《希腊纪事》）。古代中国人则曾经相信，西方有种羊羔是从泥土里生长出来的，脐带还连着大地（《旧唐书·西戎传》、《渊鉴类函·边塞部九》）。这类海外奇谈，今天听起来简直不可思议，而在过去上千年中，却一直被当作可信的资料，记载在欧洲和中国的史书上。由此可见，人类文明的发展，经历了一条何等漫长曲折的道路。

为了探索和开辟外部世界，丰富自己的物质和精神生活，各国人民都作过许多贡献。人类文明史像叙说伟大的发明家和著作家一样，将永远铭记着张骞、玄奘、马可·波罗、哥伦布等不朽的名字。我们甚至可以这样说：一个民族从中世纪到现代的历史，也就是它打开眼界和走向世界的历史。

历史的发展从来是不平衡的。当黄河、长江已经哺育出精美辉煌的古代文化时，泰晤士、莱茵和密西西比河上的居民，还在阴暗的原始森林里徘徊。而自从地理大发现和产业革命以来，中国却相对地落后了。在西方实现资本主义的现代化以后，中国还是一个基本上同外界隔绝的古老国家。是鸦片战争打开了中国的大门，也打开了中国人的眼睛。人们称林则徐和魏源为清代最早“开眼看世界”的人，因为西方的坚船利炮打到中国来时，他们首当其冲，亲身感到这个世界在缩小，距离和壁垒再也不能将异国隔离开了。

过去时代的中国读书人，在“严夷夏之大防”的社会里度过了上千年。封闭的外壳被打破后怎么办？守旧派的办法是把脑袋钻进沙子里学鸵鸟，像慈禧太后的大学士徐桐，见到洋人就以扇遮面。就是这个徐桐，在庚子年间焚香叩请骊山老母下凡来“杀尽洋人”，结果骊山老母没有下凡，他自己的老命却白白送掉了。而林则徐和魏源则不同，提出要“师夷长技以制夷”，主张学习外国的长处，以对付外国的侵略。要学习，先得了解，于是林则徐编了《四洲志》，魏源编了《海国图志》。虽然他们未能亲身出国去考察，书的材料靠间接采辑而来，难免有许多谬误，但无论如何，地里长羊羔之类的神话毕竟不得不逐步让位给常识了。

林、魏之后，中国才开始有读书人走出国门，到欧美日本去学习、访问和工作。容闳、王韬、郭嵩焘、黄遵宪和严复等人，要算是最早的。接着出国的人渐渐多了起来，尽管其中不少是奉派而去的政府官员，但既然去了，就不会不接触近代—现代的科学文化和政治思想，也就不可能不在中国发生影响。

“走向世界丛书”专收一九一一年前国人亲历

欧美和日本的记述。自从一八四〇年鸦片战争失败那时起，先进的中国人，经过千辛万苦，向西方国家寻找真理。应该说康有为和在他之前的郭嵩焘、王韬、容闳等人，的确代表了近代中国向西方寻找真理的一派人物。当然，丛书所收的，也并不全属先进的人物的作品；但总而言之这些都是中国人从东方走向西方的实录，自有其文化的意义和历史的价值。

必须指出的是：从鸦片战争到五四运动这一历史时期中，西方国家虽在许多方面比中国先进，值得中国人学习，但国家利己主义的本质，却总是要压迫剥削比他们落后的民族的。中国人走向世界、接触西方，既有一个学习外国长处的问题，又有一个抵抗外国侵略的问题，盲目排外和盲目崇外都是错误的。对于某些作品中不免流露的这类观点，我们将在为各书撰写的叙论中，适当地作些分析，供读者参考。

“洋为中用”是我们今天的主张，也是十九世纪先进的中国人的主张。“师夷长技以制夷”，不就是“洋为中用”吗？当然，随着接触和认识的逐步深入，人们慢慢地看出：仅仅学一点“长技”，搞一点坚船利炮，还是不行的；要救国，只有维新，维新行不通，就只有革命。伟大的革命先行者孙中山，用他自己的话来说，也是在一八七八年出国以后，“始见轮舟之奇、沧海之阔，自是有慕西学之心，穷天地之想”，才树立了推翻清朝建立民国的大志和信心。历史无情亦有情，后人的思想和事业肯定要超越前人，但前人的足迹总可以留作后人借鉴，先行者总是值得纪念的。

今天的世界已不是十九世纪的世界，今天的中国更不是清朝末年的中国。今日之中国，已经逐渐以现代的面貌，出现在世界的东方。但是，世界的进步越来越快，中国的经济和文化等许多方面还需要不断地发展和提高；这就必需继续打开眼界、走向世界。打开眼界以后，还要学会分析，分清好的和坏的。一切好的东西，要拿来为我所用；一切有害的东西，要实行抵制和预防。在这方面，前人的经验和教训，有一些也仍然值得我们注意。

谨将这套丛书奉献给爱好历史和文化、关心中国和世界的读者，希望它能在中国现代化的过程中，起到一点微薄的作用，是为序。

丛书凡例□

一、“走向世界丛书”一九八六年前已刊三十五种，二〇一五年起仍按原定一百种的计划继续刊行，仍然专收现代以前用文言写作的国人考察西方（含开国后的日本）的记述，仍以亲身经历、直接闻见者为限。

二、丛书按作者出国年月排列次序，尽量单行，即以一种为一册；字数过少无法单行者，才以两种或数种合订成册。合订本尽可能以类相从，按第一种出国年月排序；其各种均在封面列出书名，书脊则只列出第一种书名，并在其下注明“等几种”。

三、每种（册）书前，均由编校者撰写导言（叙论），介绍作者有关背景和书中重要内容，酌加评论分析，以供读者参考。

四、丛书均经编校者校订，标点分段，并加边批。边批的内容主要包括三个方面，兹以《随使德国记》为例，举示如下：

1. 标题、提要和说明，如“星使由苏州来”、“普鲁士分一十二省”、“演八十日环游地球的故事”、“如夫人即赛金花”、“‘人工’今皆称工人”。

2. 书中较重要的译名（加括弧注出原文或今译），如“德璀琳（Detring）”、“毕驷马（俾斯麦）”、“布莱门（不来梅）”、“德利风（电话）”。

3. 原文的订正和存疑，如“‘公司船’原无船字”、“‘骁勇’原作‘骑勇’”、“‘薛福成’成字原作辰”、“奥京立斯本应是维也纳”。

五、每种书后，均附人名索引，人名依首字笔画和一丨丿丶乚排列，按年、月、日三节数字查检（正文单页码下均有年、月、日三节数字备查）。如德璀琳之“德”字为十五画，于索引

“十五画”内检得其名下首列“13，8，17”，查正文“13，8，17”在P.3下，即可在P.3上找到（光绪十三年八月）十七日“乘肩舆往拜税务司德璀琳”的记载。

六、每种书后，一般附有译名简释（今昔译名对照，必要时并加说明），亦依首字笔画和一丨丿丶乚排列。如“卜兰墩浦 Brandenburg，勃兰登堡”，又如“勺勾腊 chocolate，巧克力”。

七、人名索引和译名简释的条目，并不限于边批中所举者；边批中所举者，则必皆收入索引和简释。

八、人名索引按年、月、日三节数字查检，其原书不著年、月、日者，则按篇章序号或页码查检。

九、原文因排印（抄写）而出现的明显的文字错误径予改正，不在边批中注出。

十、原文中同一外国地名而作者译法多样，

如缪祐孙《俄游汇编》中“彼得堡”就有“比得堡”“彼德堡”等异文，“莫斯科”也是如此。此种情形，无碍阅读，故一仍其旧，不作统一。

十一、原文中之统计数字均一仍其旧。少量表格中之统计数字，为方便读者阅读，改为阿拉伯数字。个别已经失去时效、并无参考价值的资料，则在说明情况后予以删去。

（十二）丛书均以简体汉字印行；除总序、凡例外，编校者所作导言（叙论）、边批、索引中涉及的数字均按现行规定采用阿拉伯数字。

叙论：情深理切的西行记□

杨向群 宋德华

鸦片战争之后，越来越多的中国人出于不同的需求，开始了走向世界之旅，其前往欧洲者尤多，留下了各式各样的西行记录。这些记载虽在海路航程、山川景色、西洋器物风俗等描述上多有相似，但终因具体时、具体事、具体人的差别，而显出各自不大一样甚至大不一样的特色。池仲祐所撰写的《西行日记》，就是尤以情理交融见长，令人掩卷不忘的一种。

独特的个性

池仲祐，字滋铿，福建闽县（今福州市区）人。光绪六年（1880）十一月，正在大力筹办海防、兴建新式海军的清廷首次作出决定，派遣中国自己的官兵赴欧洲接收订购的兵舰。在此之前，清朝曾多次购买战船，皆雇请洋人开回中国，花钱多，也收不到华人官兵海外“游历涉练”之益。经李鸿章上奏，便有此重要改变，池仲祐亦因而有了一次难得的“西行”机会，成为由北洋水师督操提督丁汝昌所率242人接舰部队的一员，前往英国纽卡斯尔，将在阿姆斯特朗公司订造的两艘巡洋舰“超勇”和“扬威”接收回国。

在接舰部队中，池仲祐任“文案”之事，当的是一名文职军官，这显然是一份闲差。不过，事闲人不闲，于公私活动之馀，他每天还非常专心地撰写日记：

> 舟舆所经，靡日弗录……海行舟次，帆樯颠簸，机轴喧阗，危坐命笔，未或稍辍。

之所以有如此之大的决心和恒心，与这位年轻人的才华抱负很有关系。他的朋友题诗称赞说：

> 池君滋铿幼负异，万卷诗书素性嗜。伯兄年少共联镳，童子军中早拔帜。滨海妖氛惊日炽，楼船将军膺重寄。处囊毛遂颖求伸，投笔班超才欲试。

诗书读得多，秀才中得早，当外国侵略日益加深之时，毅然跟随“楼船将军”西行，欲效毛遂、班超而一展才能，可见其久受传统文化的熏陶，早已做好成就一番功业的准备。

尽管饱读诗书，池仲祐却没有什么酸腐刻板之气。相反，好交良朋益友、喜爱诗情画意、向往浪漫人生等诸种天性，在他身上流露得非常明显。且看他于所乘“海琛”号轮船正式启行（光绪七年二月二十九日，1881年3月

28日）前，留下的一些记载：

光绪六年十一月十三日，在上海与“登瀛洲”兵舰管带（舰长）叶伯鋆（字鹤舫）一道饮酒品茶，“论时古文殊酣畅。余又为鹤舫述偶句数十对，皆时人斗诗之作。其最警者，如‘孤峰兀兀月难下，海水茫茫天欲摇’、‘黄昏庭院纤纤月，未晓楼台隐隐钟’等句，鹤舫皆书藏之”。

十一月二十日，访同乡许寿山（字玉珊，时为兵舰“艺新”号管驾）的乡间公寓，“余绝农亩，行青绿中，始达其门。万竹扫天，牛犬杂卧。……高柳鸣禽，为夕阳反逼，江行如入画图。小艇三两，停篙把舵，参错有致，为流连久之”。

十二月初十日，在家乡闽县，与伯兄“游乌石山，观双骖园”，描述“楼台亭阁，错落有致；花草木石，备极峻美……夕阳掠影，榕绿草黄，野外寒意，飒然西来，眼光为之一荡”，并抄录亭联数副。一副言人生境界：“平生最爱说东坡，日啖荔枝三百颗；天下几人学杜甫，安得广厦千万间。”一副言自然景色：“野旷天低树，松凉夏健人。”

光绪七年一月初六日，在上海吴淞口，“午后步往淞市游。所过田间，旁有小沼，百鸭成群，浮波唼水，颇饶妙趣，所谓‘春江水暖鸭先知’者也”。

初八日，“诸友入沪，寓中四寂。余拂几孤坐，展诵《汉书》，怡然自得。是夜，满庭风月，竹柏交影，积水空明。剪烛至漏二更许，步出疏栏，临江一望，烟水沙月，诚琉璃世界也”。

最能见其率真性情的，也许要数初九日所记：

> ……（陈）克宽，故余研友（按研通砚，研友即同学），邀与来寓。晚餐罢，开户见月……余顾谓克宽曰：“旧岁春，与君同宿黄孝铭寓斋。……市酒肴，酌月下。藤阴扶疏，花气袭人。因与诸君畅谈《红楼梦》书中诸胜，述怡红、潇湘故事，未尝不感慨系之。……此景此情，诚难多得，迄今不能忘也。……”呼童子商之，市远难购，谋诸邻宅，沽其家酿，因与克宽向月对酌。余出《汉书》东方曼倩等传，为克宽朗诵之，酒趣横生。古人资以下酒，真不我欺哉！……

在这些记载中，各种中国文化的元素闪闪发光，有诗文之精美，万象之生趣，漫游之愉悦，畅饮之欢快，还有苏轼旷达的心境，杜甫博大的襟怀，宝黛故事的生死之恋，东方朔过人的机敏与出色的文采——于是，一个热爱生活、乐于交往、志趣高远、爽朗活泼的形象，跃然纸上。这与写下《使西纪程》的郭嵩焘，撰著《出使英法日记》的曾纪泽，当然还有斌椿、张德彝、志刚、刘锡鸿、黎庶昌等各存著述的西行者，显然都有很大的不同。正因如此，池仲祐的《西行日记》就能别具一格，呈现许多少见于他人，甚至堪称首次笔载于书的精彩。

异国深情

按照记录的时段，《西行日记》可大致分为三个部分。一是从接舰部队集结天津（光绪六年十一月初五日），到“海琛”号驶达目的地纽卡斯尔（光绪七年四月初三日），约五个月；二是在纽卡斯尔等候接舰，直至离开（七月十五日），约三个半月；三是“超勇”、“扬威”两舰启程返华，抵天津大沽，李鸿章验收（十月初一日），也大约三个半月（含闰七月）。

西行的前后两头多在海上，深入的体验还是来自纽卡斯尔。关于这段生活的记载，在整个著述中篇幅最大，内容最为丰富，而其中最能吸引人们目光的，无疑要算作者在一个不长的时间内，与众多当地人特别是年轻女性所结下的深情厚谊，这也恰恰就是此篇日记最不寻常处之所在。

中国自从打开走向世界之门以后，官方派遣者与外国人的交往已陆续在各个层面展开，逐渐化解着根深蒂固的“华夷”界限。然而，要真正与洋人（包括洋女子）交朋友，融入他们的日常生活和精神世界，的确还是件难事。“非我族类，其心必异”的警惕性，“夷夏之辨”的优越感，再加上“男女有别”、“男女授受不亲”之类的自我约束，以及相貌、语言、风俗的差别等等，都构成了中外私人交际尤其是男女交往的莫大障碍。勇敢冲破这些障碍，留下一段中西友情的佳话，池仲祐也许称得上树立了最早的历史性标杆。

之所以能做到这一点，首先应该说与当地民众的友善好客，有非常密切的关系。尽管清朝在两次鸦片战争中都是战败者，近代早期来华游历过的西方人也传播过许多负面的中国印象，但对于纽卡斯尔的普通百姓来说，这并不足以产生多大的影响。当他们第一次见到来自遥远国度，黄皮肤、黑眼睛、蓄长辫的整群中国水兵之时，情不自禁地充满了善意的好奇，并纷纷表达欢迎之意：如四月初八日，“偕诸友登岸游，沿途士民随观者甚众”；十一日是礼拜日，“土人集岸边观船（按指“海琛”号）者约千人，男女上船观者联络不绝”；十六日，“有全家十三人来船观者，皆哑不能言。季北（北洋水师大副蓝建枢，字季北）以手技与谈，大悦。命女子持相以赠，云自恨不能言，得君谙此，何幸如之！并送手技法一纸，余收藏之”；十八日，“士女来船观者日以加，甚有不相识而以物及影相赠者”；二十日，“是晚，本地府尹延请我军员弁率同勇丁往观马戏，整队登岸，雇公司马车五轴行。沿途观者，肩摩肘掣，拥挤不开，土人各以手挥帽作礼”；二十七日，“是日，英主生辰，荡荷（Town Hall，市政厅）中极热闹……见中国人来观，咸相敬重。其女子衣着多淡红、竹青等色，华好逾于常妆，咸以鲜花簪余，衣领几满”……至于民众热情相待的个案，更是不胜枚举。

正是在这种融洽亲切的气氛中，池仲祐的天性得以充分释放，对其迅速拉近与“土人”的距离，自然而然地成为他们的朋友，起了很大的作用。关于此点，不妨举个细节的例子。五月十九日，日记中作了这样的记叙：

晚偕琴轩（北洋水师大副李和，字琴轩）赴惟阿利家饮

> 局……又有新到女子，德国人，妙龄敏秀。自出手卷，丐余题中国诗。余随笔书夙构闺思诗一篇，下题名与中国时日送之。女子喜得之，以为宝，请琴轩为翻译一纸附存之。惟阿利，搢绅家也。广厦野居，门前自设打球场。……观群女打球，坐约时许，心为爽然。……夜，酒阑，偕琴轩回船。然余恨未书德国女子之名，且叩而随忘之。又女子以不日回国，订余一再过从，余以道远，竟负其约。此所谓一面之缘者乎？

饮酒，赏景，乐于交游，一如犹在上海和闽县的时光，而“爽然”观群女打球，初见一外国妙龄女子便欣然以“闺思诗”相赠，还深以未记其名、竟负其约为恨，这就添加了崭新的体验。如果不是来到男女无别（相对于中国式的有别）的西方，而是仍然置身于故国，池君大概还是只能私下对曹雪芹的小说“感慨系之”，却不会因男女之间的直接交际而产生更多的联想吧。

不论是出于当地人的殷勤相邀，还是因为作者的主动造访，总计起来，池仲祐留驻纽卡斯尔期间，结交的英国朋友真还不少。其交往最为密切、可作为代表者，按日记所叙，有一男三女四位。七月十三日，即告别纽卡斯尔的前两天，日记中对难忘的异国情谊作了这样的小结：

> 计余到英以来，如汤麦士、意楣、玛其梨、意腻诸人，谊订友朋，情同兄弟。远客风土，诸所不习，而其关护之处，无微不至。匆匆一别，再晤何期。未免有情，谁能遣此矣！

八天之后，又写道：

> 午后，汤麦士、意楣、玛其梨、意腻皆寄书到。婉转情词，令人不忍卒读。余即时各作数行答之。

可见绝非泛泛之交，而是情深意厚，难以割舍。

关于这四位朋友的情况，书中只见到一些简单的介绍：

汤麦士（Thomas，通译托马斯），姓汤木顺（Thompson，通译汤普森），在市政厅“经理文案各事”，是任职于政府的秘书。他有两个哥哥，一个叫作簪士（Tame），一个叫作租士（Jose），都曾在天津北洋水师炮船当管轮，与作者是友好的旧相识。三兄弟中，作者与汤麦士往来最多，除经常一道游玩外，还好几次在其家中过夜，在日记中留下了“汤索余中国诗，余口占书赠之”、“余是夜复宿汤家，与连床夜话”的记载。

意楣（Amy，通译艾米），姓无夷罗顺（Wilson，通译威尔逊），“年十六，文秀而多才，能佐其母理家计”。其父亲和哥哥都在市政厅工作，“亦与余善”。在作者眼中，“意楣年少而娇憨，喜余过从，形于辞色，令人生感”；一次车站告别，因车未到，“复与闲步细谈，谆嘱后晤”，令作者不由发出“良友多情，意其首屈吾指欤”的赞叹。

玛其梨（Marguerete，通译玛格丽特）与意腻（Annie，通译安妮）是两姐妹，姓宋特（Fenwick，通译芬尼克）。她俩的哥哥斋宋特（J. Fenwick）娶了汤麦士的姐姐，所以汤、宋两家为姻亲。池仲祐第一次见到两姐妹，是在其父母家：（斋宋特）“其妹二，少者着淡红服，善周旋。问客何好？漫应之曰：好琴。为抚一曲，其姊歌而和之，泠泠动听。曲终起出。移时，携一香诗囊入，题名赠余……余喜谢之”；仅过四天，再访意腻，两姐妹“琴歌数曲，梨赠余影相等物”。

这些不多的材料中也足以表明，作者所交接的朋友有多么朴实、率真和优雅。在许多中国人想象为“蛮夷”的西方国度，其实也如同华夏社会一样，民众懂得善待远客的常理，亦不乏一见如故、一见倾心的人类共性。由于不受束缚，其天性更得以自然流露，尽显其美好。这与池仲祐理想中的人性期待若合符节，难怪他如鱼得水，无拘无束。

以上述几位朋友为核心，作者很快在纽卡斯尔建立了一个不小的友情圈，在很大程度上将此番西行变成了一次异国友谊之旅。可以毫不夸张地说，在公干之馀的大部分时间里，年轻的池君都以朋友相聚为乐，尽情享受由此带来的愉悦和温馨。其情其景，书中展现甚多，这里只能挑选一些片段。

例如，作客朋友家中，彼此亲密无间：

> （四月十七日）晤汤麦士……簪之弟也。因邀同登岸，过其姊家。姊夫曰斋宋特（J. Fennick），见余大喜，为余琴歌。女曰斋南弥（Jame Anime），年四岁，善言笑可喜。又汤姊以香袋、杂画及小照送余，乃别。往汤父母家。父母年皆六十馀，精神矍铄，细问余家各事，留余饮酌。
>
> （五月二十三日）……造汤麦士家，与约同访意楣无夷罗顺。意楣家本纽克所，时因避暑，别赁凉屋，合家移居于夫亦利海滨……屡信约余过之……搭火轮车，行约三十分钟抵

> 夫亦利。意楣之兄麦取优（Matthew）及兄友麻杨（Mark Young）均在站头迎余……合家见余大喜，备酒肴小酌毕，同往海边闲步。又布坐沙岸，观洪涛起伏……

完全是家人般的情投意合，毫无异邦人的客套和隔膜。

> （六月初二日）偕汤麦士、玉斋（北洋水师同事马毓藻，字玉斋）、琴轩、湛卿（北洋水师同事马元恺，字湛卿）过意腻家。余携装影相簿送其母，并以影相数纸，分赠诸友。意腻家有鹦鹉，善言，其父所弄也，近，屡呼余名矣。欢坐到晚，同归船。

鸟且相稔如此，人无论矣。

> （二十九日）本地礼拜。巳初，偕玉斋赴汤麦士家。汤之兄名租士（Jose）者完娶。……余贺以丝带，玉贺以绸巾。午餐后，余出诗卷，请新娘随笔。新娘乃作致余信一，登于卷内，谆谢贺物，并述从夫新名，第一次书余诗卷也。其母又以新婚糕装小匣，嘱余宝藏之，曰座客皆得此，以为瑞物。

英俗，女子婚后，改从夫姓。新娘将第一次新姓名的签署，留在了中国人的诗卷上，这是一次多么可遇而不可求的浪漫邂逅！

又如，朋友间常互通书信，互赠礼品，或互作题咏：

> （六月十一日）又作信寄意楣。晚，雨未歇，天冷如秋。玉斋画牡丹、梅纸扇，送玛其梨及意腻，余为题诗。
>
> （十五日）午后，偕玉斋过麦取优家。意楣赠余书签，绣文曰“Remember Me”云云，谓记我也。
>
> （十七日）午后……回船接意腻书，并画具一箱赠余。晚，意楣亦寄书到。
>
> （二十五日）偕玉斋过宋特家。余自携中国笔墨，书端楷

两幅，分赠玛其梨及意腻。是晚，腻自往山园，采名花数十朵，赠余携归。

（二十六日）午后，汤麦士来船，携自画镜送余。因同登岸，过宋特家。余出诗卷，诸友为题诗讫。午夜告归……

（七月初五日）午后，与鸦直同赴牵丝亚家饮局。余出生辰簿登诸友名，其九十六岁妇人亦登名焉。余又以诗卷留其家，请诸友题。

……

醉人的浓情中，伴随着中西文化的交相辉映，中式的纸扇、西式的书签、中国书法的条幅、西方技法的镜画、满是英文诗英人名的题咏本和生辰簿……这无一不是四海可以同心、文明并无国界的历史见证。

再如，结伴游玩，共享欢乐时光：

（六月二十一日）余独赴汤麦士家。时汤病乍愈，闲往海滨调气。乃同出访意榻，又同意榻访扉儿。相与游于沙涯，布坐聚谈，各畅所述，间有戏谑，亦不为虐。日向暝，言别，诸友恋恋有下泪者，皆远送余上车乃去。

（二十三日）与诸友约游荷利无夷罗亭（Holywell Dene）……时汤麦士、麦取优及意榻、扉儿、截笋（Jackson，通译杰克逊）均在站头迎余。有顷，意之父母亦来……浅草布绿，列憩其上，团坐游谈……是日也，天气晴和，少长咸集，各举童戏，互为驰逐，放浪形骸，可以饮八斗而醉二参矣……

“饮八斗而醉二参”，语出《史记·滑稽列传》，本指饮酒之欢的最佳境界。此处用来形容朋友之间的纵情欢乐，可谓恰到好处，与“恋恋有下泪者”表达的是同一种心意。

欢乐的时光总是短暂的。七月十五日，就到了中国水兵要告别纽卡斯尔的日子。对于池仲祐来说，行前惜别的情形，会是其终生难忘的记忆：

初七日，他在玛其梨和意腻的陪同下，特地乘车去向在海滨避暑的她们的父母辞行，“相见，匆匆告别。其母年七十馀，不能行，扶杖强步送余，为余流涕。适斋南弥母女亦在座，母剪斋南弥发赠余。斋南弥才四岁，然亦知惜别。余串华钱与之，乃各辞去”。

十二日，玛其梨和意腻来观看“超勇”、“扬威”号兵舰，“到船茶罢，邀诸友见之，聚谈良久”，又送其回家，与汤麦士一道，“坐谈至夜深告别。黯然魂销，不忍长辞，订一再见而已”。

同一天，收到玛、意二人寄来的饯行礼品，其中“有意腻自制香糕，罩以雪糖作船名及余名，冠以吉祥语。又知余家有母，自制食物一瓶，书送慈亲，嘱余转奉”，作者禁不住慨叹“闻者犹感之，况余身受者乎”。

十三日，与汤麦士同搭火车赴夫亦利，去无夷罗顺家辞行，“相与笑谈，至晚告别。意楣及诸友送余抵他人茅(Tyenmouth)。歧路沾巾，在所不免，惟嘱于其生辰日作信邮寄要事也。余与汤麦士搭小轮舟开行，诸人守立渡头，至不可望，乃去”。

……

像这般交织着老母亲的热泪、小女子的秀发、深夜销魂的长谈、亲手精制的糕点以及码头最后一刻的守望的送别场景，在中西民间友朋交往史上，还能找到比它更令人动容的记录吗?

特别值得一提的，也许是临别前一位女友对池仲祐的承诺。早在四月二十七、二十八日，中国接舰部队水勇袁培福和顾世忠先后病逝，安葬在当地公共墓地里，立有“大清故勇某某之墓”的石碑。七月初九日，池仲祐去墓地向亡友作最后的道别。此时，有十馀名“本地游人”围过来观看，并问会不会在墓上栽花，或留别的物品以作识别的标志，这样即使过了十年，也一眼就能看到。作者原没有想到这一点，只好“谢以未知备带”，但因此而甚为惆怅。随后访宋特家，讲起此事，“玛其梨许余，他日过袁、顾墓，为栽花。盖英俗，礼拜日士女多往墓上栽花，善举也”。善哉玛其梨！此事尽管不大，却实在值得作者和后人铭记于心，这是为中国军人，也是为中国人民栽下的友谊之花。

的确，说到底，以上所有的款款深情，实际上都超越了个体交谊的狭小范围，而带有民族与民族通好、文化与文化结缘的更大意义。这种意义，从作者的三则日记可看得非常清楚。一则记于四月十五日，在“本地人”柯罗利（Curty）家作客之后：

> 下午，到柯罗利家。其父母见有华客，大喜，亲治具延客。……柯罗利曾在中国厦门管理机器，尝告其父母，谓“善哉华人，相待备至”。故其亲见余等，喜曰：“此吾儿所谓仁人君子也。”

另两则，分别记于离开纽卡斯尔后的七月十八日和二十一日：

> 向晚，纽克所官绅送到公文一纸以送行。约说中国弁兵，至为良善，在英许久，与本地绅民极相得，此去各有恋恋之意焉。
>
> 意楣缄寄街印时曲一纸，皆道中国人初去，本地百姓追思之辞。

“时曲”，即今人所谓流行歌曲。中国人的“良善”于口碑、公文之外，还即刻为英国民众所传唱，仅此一点，池仲祐与他的同事也已不虚此行。

体验与比较

在纽卡斯尔体验着朋友真情的同时，池仲祐还在更宽广的范围内，体验着英国这个完全不同的社会。他不仅充满了对新鲜事物的好奇心，表现出敏锐的观察力，而且记叙得非常简明生动。

刚到纽卡斯尔十天，作者就在日记中写下了这座著名港口城市的“土俗十四条”，对其概貌作了提纲契领的描绘：

（一）钱币之法。金钱一文为一镑（Pound，英镑），值银钱二十士林（Shilling，通译先令），一士林值铜钱十二边呢（Penny，通译便士）。此外，还有值六边呢的小银钱，值半边呢的小铜钱。

（二）设电报局。英国界内寄电信者，“信到立送，刻不迟延”。

（三）火车铁道“遍国中”，“约车行五分钟、十分钟即有站头，辄停车。……按候停开，分秒不爽。车道之旁，入夜璃灯蝉联，辉明彻曙。……车之多，不计其数。……其取值亦不昂”。

（四）设邮局，“通国沿途皆有信箱。寄信者掷信于箱，收信者日以早、午、暮三次，立收立送。……票由局出，寄卖各街铺，寄信粘票掷箱，信局为加戳记而已”。

（五）街市宽阔，“旁供人马之行，中筑公司车铁路。自晨八点钟至夜十一点钟，各道车行往来，纵横络绎不绝。……马车坐四人者甚多，皆自车馆出行，路远近有例价。车上各书号数，如价逾例及失物在车，可以记其号数到馆取偿”。

（六）各乡设巡捕，“终日终夜轮流立道旁。民有争执及酗酒、行窃者，执送官。又巡捕捕人，呼民助之，不助者有罪，巡捕亦随捕之，故民畏巡捕如虎”。

（七）用煤气灯，“道路虽僻处皆有煤灯，相融只五七家耳，彻夜光明到曙。人家亦皆用煤灯数盏，各有管道通煤气厂；或点或不点，月用煤气多少，厂中皆知之，匝月则与计帐”。

（八）用自来水，“人家均无设井，所用汤水，有总局管通于家，随时开用辄来”。

（九）民居，“民屋一律起盖，沿屋列号于门。璃窗石室，竞为明净。门外设铁栏，栏内馀栽花隙地。其屋内门帘地毡及琴案床凳等物，皆屋东原设，买屋、赁屋者于此等件，无庸携带添设。全员绅大家，则多盖广厦于旷野僻壤中矣”。

（十）城市卫生，“每清晨，有马驾货车沿途收取粪草，故路间终日清净。又时有水车喷路，故驰而不尘”。

（十一）学校，“各乡官设学堂，不论何等人家，男女均当入学，量力送资于师。不入学读书者，官罚其家人。学堂中兼教天文、地舆、绘算、律例、丝竹、歌舞、医药、针绣诸技，故英人无论男女，皆有所长。其童子无亲属照管者，另收一处学习水勇”。

（十二）养民，“民废疾者，入院收养，丐者入狱”。

（十三）刑罚，“讯讼审罪，无加刑，用质证法，辞屈乃定罪。罪人入狱作苦工，工满乃出”。

（十四）教堂，“各乡设礼拜堂。拜日……士女入堂听讲，皆屏息静坐。牧师登坛开说，率皆劝善。民之来听与否，各从其便。细察其奉耶稣，亦皇家所尚，如我国之奉孔子。俗礼拜日及拜六下午，士农工商皆停工作，馀日亦晨八点钟起作各功课，至晚五点钟以后，街铺闭户，游人塞衢矣”。

尽管线条粗略，勾勒却十分清晰，宛如一幅鲜活的城市百景图。从基础设施到市政管理，从社会制度到民众生活，其所达到的现代化程度，使人印象尤为深刻。每条都如同一面镜子，照出当时中国社会的落后和混乱。试对比火车“不计其数”，路灯“彻夜光明到曙”，道路“终日清净”，教育“男女均当入学”，审讯“无加刑”等情形，清朝的差距，真可谓有天壤之别。虽然作者对此并未直接议论，但显然看得出其无言背后的针对性，他将盛衰优劣的联想，留给了日后的读者。

除总体印象外，池仲祐记叙更多的，还是在纽卡斯尔的参观游历活动。他去的地方很多，新奇事物总是对这位年轻人具有磁石般的吸引力，其写下的文字因而也格外细致细腻，常有逼真传神的描绘。如记阿姆斯特朗工厂：

……入观炮厂，大炉熔铁，铁流如泉涌。十八吨、二十八吨、三十五吨各大炮罗列以待售。其馀将成者、在炉铸者、已铸而磨切者、适拼合者、在模印者不胜指屈。其第二十九厂有马车炮，陆战所用也。又有五响连发者，式约如格林，而炮之大倍蓰之。又有新创制法……

记马戏表演：

场圆如环，旁设层阶以备客坐。……凡十二演：其一女子骑马出，马驰而女子凝立马背弗动，更驰，则易独足立矣。……已而三马、四马骈驰，女子则次第飞立其上，捷如飞隼。又有为伪痴之人（马戏小丑），杂谑其间。少顷，出狗四，立者，行者，坐而起者，戴帽者。最后则作跳架戏，一跳，高之，再跳，增高之……又人与马为戏……

记博物馆：

入门，有木偶人三，高丈馀。云此物已四千年……院中飞、潜、动、植，皆原生物浸以药水，久不坏。大而龟蛇，小而蝉蝶，皆有之。其最奇者，蟹一，大数围；海牛一，鳖掌象牙，虎尾牛身。……煤百馀种……中有生物，见风亦成煤，形犹存也……入藏书楼，多名人图象，其书遍蓄各国诸种，《中华字典》、《论语》皆有之……

记公园：

> 园宽半里，多旷地，鲜草秀美，间有茂树。士女游者约五百人，设大壶烹茶。申初，游人皆团坐草上，伺茶者各为前置杯一盘一，次第分与茶糕……茶罢各起，男女杂舞。园中游人，无论相识与否，咸集成行……离合整散，妙捷无伦，挽以行歌，籁振林木……盖英人最讲吸取空气，际此盛夏，恒停工遨游，散步旷野，或移居海滨，以消炎暑……

各色景象，历历在目，读之如临现场。

由于当地朋友的帮助，池仲祐还参观了一般游人不易去到的两个地方，一是煤矿矿井，二是贵族私宅，留下了相当珍贵、可能是国人走向世界历程中惟一可见到的此类记录。

参观煤矿，是受柯罗利之邀。据煤矿主说，这是中国人“第一次”来此观矿。下矿井的整个过程，确是一次极为难得的体验：

> 出衣令易之，各授灯一盏。约束停妥，坐煤盘自矿口坠而下。机雷动而盘风行，瞬息而历二百码。到矿中大屋，两堵张灯，明如昼，椅桌悉具。矿中不得用煤气火，不得用油灯，惟一种灯——亦名人创制者——可用，是人图象已入博物院矣。矿中有衖（按即巷道），高、阔均丈馀，两汽车运煤，陆续并行，旁有小路以供人行。主人导余入二里有馀，才半耳。告以观止，不复请矣。主人乃授锄，命自掘炭掘石，曰携归以志胜游……

池仲祐于一百三十多年前，在异国矿井亲手开采，此炭石若还在，会是一件多么有意义的文物！

贵族私宅的参观，也得到柯罗利之助。因宅主“全家出游未归”，柯找了当地乡官汤顺（Thomson，通译汤姆森），“托其带进”，乃得如愿以偿。这是一处侯爵之家，主人姓达痕（Durham），名郎笔倘（Lambtom），有着显赫尊荣的家族史：

> 侯世袭已十馀代，祖、父、伯、叔，多有功于国。今纽克所作石人高立者，即其叔也，功德巍巍，立以为万民瞻仰。又家之对山，有亭其巅，国君树碑于亭，以志其功也。

不过，现领有侯爵封号的宅主仅二十馀岁，似并无什么建树，“侯家十馀人，多同出游历各国，在家之日常少，惟园中多禽鸟时始返”，过的是以享乐为主的后裔贵族生活。

贵族到底如何生活，此番游览着实令人大开眼界。先是“二十二里”方圆的宅外花园，“茂树丛杂，奇花纷飞，夹道草香，接续不绝”；然后靠近住宅，“有河如带，匝环之”；接着下车过桥，“沿墙寻门而入”，里面但见“杂花细草数十亩，剪裁布置，匝地成纹，工巧无与比”。池仲祐对“管花人”似情有独钟，记其言谈、花艺甚详：

> 管花人者，未叩其名，须发皓矣，精神犹健。自述于花学渊深详博，知何花何性，天气冷暖若干度当孕当发；能创栽新果，曾种葡萄，实长二尺，国主赐圆银印以荣之……其花备各国嘉种，有玻璃屋十馀所，以铜铁皮管等器调伏汤气。其中各屋挂寒暑表，审其度数，或温和如春，或酷暑如夏，恰如花性与之。群品芬芳，百果时熟，无零落西风之患，盖已夺造化之权矣。

“夺造化之权”，这是一个极高的赞誉。令作者意外的是，途经管花人的住处，竟也是“宏敞厦屋……曲槛长廊，明窗净几”，“谓世之富贵人居大都如是，不知乃仆供役人也”。“下人”也住得像“富贵人”一样，按当时中国人的思维定式，是很有点匪夷所思。

贵族家可看的东西，确实很多。主屋大门之外，可参观“捣机罗张，烘炉炎炽”的浣衣处，岭上四周修建的“雉堞”般的短城墙，制牛乳处和“高屋数十所，马数十匹，皆有名”的蓄马所，“车十馀架，光明可鉴”的储马车处，进旁门则有“陈设古雅”、随时待客的小外厅，“味美胜于沽”的制酒屋。步入大厅之后，可观者有专供打猎用的“射猎流憩之所”，“书数十万卷”的藏书楼，以及凉室、暖室、蹴鞠室、观书闲坐室、晨餐晚餐室、饮茶酒室、报钟室等等。室内各种陈设，更使人眼花缭乱。令池仲祐印象颇深者，是“几上有翠石一方，大四尺，阔二尺，剔透玲珑，玛瑙珊瑚为之减色。门壁皆镶裱绸缎，而几席之制从之，以为一色，惟大厅则饰赤金焉”，奢华可见一斑。

在纽卡斯尔逗留期间，池仲祐还有幸赶上了一个英国百年一遇的纪念日，即租实提生顺（George Stenphenson，通译乔治·史蒂文森）的百岁诞辰。史蒂文森为纽卡斯尔本地人，蒸汽机车（旧称“火轮车”，即火车）的发明者。此日（五月十三日），“合国官民为之庆贺”，当地更是“各街竖红竿，结彩旗，民家以花饰户”，“又以大幅锦缎绘实提生顺父子之象。盖其子继承父业，造火车飞空之桥（按即高架铁路桥）……功业赫赫，播于民口，今老而犹存，故民亦绘象迎之”。议政院举行庆宴，丁汝昌提督和林泰曾管带作为代表出席，在府尹和W. 阿摩士庄爵士发表了对中国的祝词后，林管带作了“即席数百人为之鼓掌称善”的答谢：

> 我中国提督与在座诸君致谢，非独谢今日之宴也，盖谓中国员弁勇丁到此以来，受诸公及本地民人之款待为已优矣。但愿英与中国永相和睦，无忘旧好。且实提生顺百年庆寿，我中国官员得附盛筵，何胜荣幸！愿实提生顺子孙世享其泽。夫实提生顺创立火轮车，美利几遍各国。我中国他日用之，大获其利，则中国之幸，亦诸君之幸也。

谢当地款待，祝两国和睦，盼中国有朝一日也大获用火车之利，都讲到了点子上。第二天，本地报纸对此答词作了详细报道，并赞扬林管带的英语“词令之善、音调之纯，诚所罕见，足使胜会生色，诸官绅于此又大快意焉”。这是外语好有大用场的一个典型案例。

亲历官民对一位发明家诞辰的盛大庆贺，作者写下了“实提生顺之名震于各国者，已非一日。然百年一度，中国人到此适逢之，是亦眼福欤”的感言。“眼福”二字，在表达喜感的同时，是否也包含了一些难以言喻的伤感呢？

五月二十七日至二十九日，池仲祐专程游了一回伦敦，看了水晶宫、画院、王城、动物园、蜡像馆、戏院、博物馆、议政院、古教堂等等，日记中颇多引人入胜之文，如描写“蜡人馆”：

馆中……以蜡为人，大如之，衣服须发皆真。面色如真，神气欲活，难辨真假，几欲前与致辞焉。所象多大名人，或朝会，或私宴，或两人偶语；立者，坐者，以物授受者，高下其手，左右其目，鼓舞其须眉，无不各得神肖。中国亦有一人列其中，端坐，服官服。横案摊书，书一卷，备华、英字，皆叙其人巅末。又制一妇人卧，笼以纱，中有吸气，心怦怦然动也。

然而最深的观感，还是来自真人的生活。刚到英都，作者对一次“临江之桥”上的“闲游”所见，作了画图般的描绘：

桥上五步一凳，七步一树，十步一灯柱。柱皆四五灯，间以电气，光明如昼。从桥头纵观之，桥长径里。灯光星灿，树影云连，江水空明，复与万灯映射。士女夜步，行憩自如，诚乐土也！

人间“乐土”，梦想成真，回望故国，心中一定有股说不出的滋味。

这种苦涩之味，池仲祐从不直接流露。但是，只要有对一方的赞美，明眼人肯定就能看得出对另一方的批评，中西之间的差别自然也就泾渭分明。不过，日记中也有唯一一次例外，就是作者以“风俗”为对象，将“英俗”之乐与“华俗”之不乐，明明白白地端上了台面。这是六月初八日，对朋友们游玩时“相述各国风俗”所记：

英俗男女相友，意有所合，男先致书于女，愿订婚，女否则已；女然之，乃各达于父母，事罔不谐。订婚后，友如常。将完娶，请于父母，乃定期。及期，盛妆同往礼拜堂，

> 牧师为陈夫和妇顺之道，两人敬拜受讫，男以指环约女指，乃邀归。其妻在而再娶者，狱二十年。然男女无不自便，故百姓自名其国曰乐国，他国所不及也。
>
> 余告以华俗，男女不授受，不交不亲；非有所媒，不相知名。曰："拘哉！郁郁其不乐。"问婚嫁，告以父母定之，未及期，不相见也。曰："如其不相得，奈何?"曰："父母之命，不敢不相得。"又告以娶妾之事，甚者两三，诸友乃大笑曰："异哉！天下有是事乎?"

池君很高明，自己只作客观介绍，不作主观评论，"乐国"之誉与"郁郁其不乐"之怨，都让英国朋友来说。即便如此，其用心和立意仍然十分清楚，可谓胸中块垒，尽借他人酒杯以浇之。大笑声中的"异哉！天下有是事乎"一语，简直发出了穿越世纪之问，不仅令娶妾之陋习颜面无存，而且对时人和后人都是一个极大的提醒：还有哪些"异哉"之事，明明不合天下常理，有悖人类真情，却还在以各种名义和借口自以为是，陈陈相因?

学理与事理

《西行日记》以言情叙事见长，个中之理，常常只以潜台词的方式出现。但作者毕竟为学识与抱负兼优之人，因而也会根据亲身见闻，用心钻研与国计民生密切相关的学理和事理，以求获取新知。在日记中，记录这种思考的成果只有不多的三篇，数量虽少，其论学论事之切实精要，却在在凸显出不凡的眼光和功力。

前两篇论说，皆写于四月二十四日。这天的日记记载说："连日考究矿学，作矿说等篇。"纽卡斯尔为当时著名的"煤都"，约十天前，池仲祐又亲自下了一趟矿井，也许这就是引发其"连日考究"的契机。

名为《矿说》的第一篇论文，篇幅很短。以"天地之气"对人和物的作用开头，直接过渡到矿质生成的地理、气候和时间原因，"得赤带微温，酝酿久之，矿质乃成"。以下陈说，风格如一，皆以要点作论，言简而意赅：

> 石化为玉，沙锻为金，草木腐料，炼成煤炭，晶锡砂汞，百幻其类。各随热度以变，宝藏所以兴也。然则取富于地，奚忧贫？顾亦有难焉者。石坚难凿，土涣易溃，苗线模糊，水源泛突，人工繁重，则得不偿失。非熟讲此道者，未易举办也。愚意晶玉之矿，不如五金；五金之矿，不如煤炭。夫煤炭之出土，不待锻炼，日用所需，销路易畅。惟出水贩售，计程宜近，远则运脚贵而价值昂，判别盈亏，胥于此决也。

从矿石的种类，到开矿的困难，再到采煤的优势和盈亏的考量，都有论及，且中肯綮。

《采煤说略》是其第二篇论文，专谈"取煤之道"，所言"四端"，有很强的知识性和专业性，皆能提纲挈领，要言不烦。如介绍如何"探产"：

> 煤之生也，由草木朽烂积湿而成。洪荒之世，植物繁茂。历无算年，陵谷变迁，土石移而压之。生者复生，压者复压，遂成层叠，不知几经千万年也。……西人以为草木湿料八尺成煤一尺，而根蒂枝叶恒留象于煤中，或分见于土石之内。

又山溃谷迁必藉洪涨，故又有水族如蛤蚌类化其中，亦留迹。开矿者见此迹象，知其中之必有煤也……

如何“辨质”：

煤之为类，有硬煤，有软煤，有烟煤，有无烟煤；或黑色，或棕色；或锻作枯煤，可资炼钢，或取其煤气，以代油光。煤饼既融而可用，煤灰以少而逾佳。剖此等差，立分优劣矣。

如何“动工办煤”：

土法虽克奏功，不能长久……非机器不为功。凿孔必需钢錾……护井间用铁皮，而木石砖灰，尤资渗漏……设井以后，用机凡三：曰提煤，曰抽水，曰吸气，三者交相为用，缺一不可者也。设井必度地势，而广狭浅深，随之而变。其煤洞、煤路、煤柱、煤车，尤不可以古法泥也。

如何“防险”：

煤洞之中，时虞坍圮，则立柱尚焉。有宜木柱者，有须铁柱者，有其土压力过重，宜加以横板者，究不如留煤作柱之省力。惟立柱时，须为空气地，引新气，推败气，期于人不烦闷而止……其间防范章程，不容不讲矣。

此篇与上篇，撰写时应有所本，作者懂英文起了很大作用。更值得称道的是，两篇论文对西方煤矿之学完全融会贯通，用中文表达得扼要而易懂。从“翻译”西方科技和写作西学“科普”两个角度来说，池仲祐很可能都先行了一步，有记入近代中西科技交流史的价值。

第三篇论文是作者的重点，写于接舰任务全部完成，回到天津大沽之后。十月初一这天的日记写道：“连日诸友讲求海军规制，余因作海军议十策，以为是篇行记之殿幅。”此篇名为“七省海军议”的论文，写成后应陆续作过修改，如文中提到“论者谓甲申马江之役，失救援也”，说的已是1884年中法战争之事；至“戊申”（1908年）印行出版，更还有大把增删的时间。精益求精，此为常理，也说明该文实经作者深思熟虑，才被用来当全书的“殿幅”（压轴）之作。

池仲祐的议论，针对中国海军“迄数十年而尚不能收一战之功者”的现状而发，欲探究“其中得失利弊”，提出“十策”即十项建议，长达三千馀字。此处不能详述，仅略摘其要义，以见其不同凡响之处。一是“专事权”，将整个海军凝为一体：

> 中国平日海上防务，分为四大支……各支自为节制……甚至一处有事，他处坐视，其何以共济艰难？……谋今日之事，惟有通力合作，最为上策。有总理之大臣通筹七省大局，更以襄办者时巡七省以密稽查，再设四提督分部四大支……一朝有警，静听电音，刻呼刻应，以相救援，乃为有制之师。

二是“储人材”，从兵到将大换血：

> 海师与陆师不同……非由水师学堂出身，则茫然不知其涯涘。……历届各处所用，多参以旧日营官，或舵工水勇所升，不特洋务未谙，即华字有概不认识者……是宜于各省添设学堂……再择其资质之美者前往西洋，详习兵船、炮台、学堂、议院、电局、炮厂等事，以增长识见。回华之后，可由管带而督操而营务处而分统而统领，其设施必有卓越寻常者……

三是“制船炮”，仿洋自造大炮铁甲舰：

……（我国）各大炮无不购自外洋，未曾设厂自制。此皆眼前防海之要需，而岂容恃诸外购乎？……阿摩士庄者，制炮之名家也。……苟仿其厂所，购其机器，雇其良匠，习而成之，数年之后，我之自制必有远胜于购者。必至甲舰亦能自造，则有事之日，方不受制于人。

四是“备煤粮”，时刻确保煤粮充足：

……轮船水师，煤实与粮并重。平时船上均须装满，必使刻召可以刻行……又须于各口要隘之处，添设煤厂、粮厂，以炮台守之，无论何省船到，皆可添装。庶彼此无转运之劳，来往得接济之益，而兵能神速……

五是“慎布置”，海陆协同守要塞：

……整顿炮台……扼要防守之。守之得法，敌人虽强，不能飞渡而入。然而海军巢穴，其命根操于后路陆军为之劲堵。水战之失，每以后路陆军溃败，牵累海军全局。故驻守海军之澳，其岸上后边门户，必厚集陆军，以防疏失……

六是“设炮台”，以护海军之元气：

……夫兵船藏泊之地，势必有船厂、船坞、机器局、军械局、煤厂、粮台、炮子火药库、鱼雷水雷库，海军之元气在焉。故必择必守之地为之，然亦非炮台之力不为功。且兵船时出操巡……有炮台以为声援，则内地不至于空虚……

七是“壹章程”，各项指挥管理整齐划一：

轮船水师，日间用通语旗，夜间用通语灯，此乃军中耳目。……宜将北洋现用旗书，译为华字，颁行各口水师，一律通用。至通语号灯……亦宜照号旗之例，刊书颁行……其馀各执事之号衣，必昭划一；各功罪之赏罚，不可参差；假期有定，升缺有常，必俟四支之兵分合调换，无不得宜，而后真成劲旅矣。

八是“勤操练”，严除虚瞒积弊：

……各口认真操练者，固不乏人，而视为具文、奉行故事者，正复不少。虚应操期，瞒人耳目，安有如临大敌之心乎？此非当事者严行戒饬，不能挽久年之积习，而练成海上之劲兵也……

九是“换巡防”，各军定期互调换防：

操演之馀，必全队出巡。……又当令四支之军，每岁……会操一次，以考得失。会操以后……互相调换，以半年为期，及期又为递换。周而复始，庶彼此无畛域之分，来去皆熟识之路，而大臣坐镇稽查，亦易以周矣。

十是“禁差使”，兵船专用于操防：

……以兵船为差使，运米运粮，装军械装兵勇，几于月不得闲，尚欲课其某日大操、某日小操，得乎？平时不操，欲课其临时杀敌，得乎？……故认真整顿海军者，必须多制差船，以供驱使，庶使兵船专心于操防，不为转运所误……

关于海防建设，清朝廷曾组织过两次“大筹议”。第一次是在1874年，因日本侵台而起，第二次是在1885年中法战争结束之后。各路重臣纷纷上奏，各种建言连篇累牍。池仲祐的“海军议”自然没有“上达天听”的资格，但若与拿来两轮众论相比，便可看得很清楚：无论是针砭时弊的准确尖锐，还是所提建议的重要中肯，更不用说清醒的世界意识和长远的战略眼光，其议都可入翘楚之列。这与池君的志向才学，特别是走向世界的历练，有着莫大的关系。很可惜在一个上下阻隔、禁忌甚多、积重难返的年代里，作者的真知灼见却无法贡献于国家，光鲜一时的北洋海军，也终于败灭于1894年的甲午战争，成为中国近代海军史上最大的教训。

有趣的题跋

《西行日记》写于1880—1881年，面世则迟至27年之后。在此期间，池仲祐曾多次将稿本送友人阅览，获赠二十馀件题跋。很有意思的是，日记中最为抢眼的“言情”，引起了众人的高度关注。大家各抒己见，精彩纷呈，既大显“一石激起千层浪”之效，又可略见各种新旧杂陈、中西交互的文化心理。

论“情”最有代表性者，当属与池君交往甚密的闽县老乡林纾（此人后来成为著名的文学家和翻译家）。他写了很长的一篇序，立意始终不离一个“情”字。从文中“飞天外之诗情，记欧西之韵事”、“杂花葱茜，时见美人”、“游侣既韵，觞情遂多”、“逝水无情，隔乱云而西望；家山有路，抱艳梦以南归。袖将阿杜之钗，囊得崔徽之影”等词语来看，作者结交异国女友，无非就是演绎了一个现代版的才子与佳人的恋爱故事。以此为出发点，序者不禁浮想联翩，对比今古，大发感叹：

> 嗟乎！苏子卿海上逋臣，缠绵彼妇；胡澹庵岭南逐客，顾念梨娲。然皆置之毡庐，荐以枕席。而滋铿则缘情不靡，防礼自持，倚枯木于寒岩，落天花于丈室，一丝不挂，五蕴皆空。

苏子卿即西汉的苏武，出使匈奴被扣19年，曾娶当地妇人为妻；胡澹庵即南宋的胡铨，曾被流放岭南，得侍妾黎倩相伴（“梨娲”，通常写作“梨涡”）。林纾的意思是，两位历史名臣的恋情，都以同床共枕为归，池君尽管有情，却毫不放任，严守礼规，甚至看破红尘，视色为空。这番比较文辞精美，很有味道，但显然比错了对象。因为后者之情，并不是世人皆知的男欢女爱的恋情，而是传统社会极少有、现代社会才通行的男女友情。因此，池君虽然与异国少女也互通书信，互赠礼品，结伴游玩，倾心长谈，临别依依不舍，别后久久思念，却实在不能归于林纾所熟悉的“韵事”和“艳梦”，与所谓“礼”和“空”，当然更无什么关系。

与林纾想法相似者，还有池仲祐的“年小弟”（年即“同年”，指科举同科考中之人）郑祖周。他以一首长诗作“题辞”，专挑出“意腻”来咏叹“年兄”的情事：

> 良家有女名意腻，一笑回头生百媚。对客常萦脉脉思，怀人时露依依意。谓我滋铿性独挚，欲联巾帼芝兰谊。居然两少耦无猜，从此出游常并辔。……邮亭话别黯销魂，愁把罗巾相赠遗。折柳河梁共涕泗，嘱君一语君须记。望君见巾如见人，巾中曾绣阿侬字。别后终宵难成寐，壮夫敢把私情累？万里风波羁旅身，满腔儿女英雄泪。

诗写得美艳动人，浓缩了传统文化言男女“私情”的精粹。不过，诗作者也像林君一样，还是不大了解外面的世界，因而只能尽力作些中国式的联想，不仅误读了“滋铿”，更无端给了“意腻”很多冤枉。

题跋者中，不专以情爱说事，而是泛取一个“情”字，更多探究其普世价值和意义的，亦不乏其人。王元稚，池仲祐的另一位“同年”，就是其中之一。他先是于戊子年（1888）作序，断言“儿女言情”没有什么不对，因为其情最真亦最先：

……儿女言情，岂士大夫之所当讳乎？吾友池君滋铿……独于彼都士女，投赠往还，深情固结，读之真令人忍俊不禁。噫！竹垞风怀之诗，陶令闲情之赋，滋铿不为情所累乎？余惟情莫真于儿女，又莫先于儿女，政起闺房，道造夫妇，岂虚语哉！吾读是编，吾知滋铿矣，滋铿又奚以讳？

到了丙午年（1906），他又作跋，重提旧文：

往述君言，喜其旖旎言情，几疑不贤之识小；不知宇宙皆情之所弥纶，顺亲信友，获上治民，本相推暨。

“言情”不仅正大光明，而且宇宙本来就是一个以“情”相连的世界。以此立论，像《风怀二百韵》和《闲情赋》这样的爱情名作，也就退居其次，只不过充当论证“情”之重要的一种材料。

比王元稚说得更有深度的，是萧健。他题了四首诗，有三首都是纵论“情”为何物，眼界极为开阔：

天生万物本情多，因利偏教至性磨。留得秉彝攸好在，千年万里尽同科。

披来色色尽离奇，只有天真万不移。自是人生知己耳，更无夷夏与雄雌。

宏纲巨目且无论，王道人情本一源。试问　轩高坐者，采风恐未及闺门。

这简直就是一篇压缩成诗的绝妙论文。其一论情本天生，却为“利”所耗，若守住本性之善，世间就时时处处充满爱；其二论万象虽“离奇”，“天真”却永在，人生结“知己”，既不分夷夏，也不分男女；其三论王道人情，本渊源同一，然而高官出使，有谁像池君那样，访问过民间女子？每个论点，思想都闪光得有点耀眼。时至今日，对人们如何待“情”，仍教益良多。

有位叫梁澜勋的题跋者，更直接为池仲祐作辩：

外邦士女，爱才如命……士女之迎迓赠别，又何怪焉？读者幸无误会也。

天性活泼、才华横溢的池君，在欧西深交了一批同性与异性的朋友，原本是一件再正常不过之事。之所以会使人“误会”，以其为“怪”，根子还在于中国封闭太久和走向世界太少。好在虽有误读者，亦有明白人。只要打开了通往世界的门户，中西之间的隔膜势必越来越小，而共识则会越来越多。

对《西行日记》的印行，林纾还提过一个建议，就是“留诗过多，若能将诗稿提出，别编一集者，则更妙”，可知日记中原来还有很多诗作。另编诗集本来也不无道理，但从诗文并茂或互证的角度看，现行文本将作者之诗全部删除，而“别编”又至今未见，实为一件憾事。如存完璧，这部感人至深的作品，是否有望成为黄公度《日本杂事诗》的姊妹篇呢？

池仲祐西行日记□

光绪七年一月二十九日	上海启程赴英接船
光绪七年三月二十四日	轮船抵达伦敦
光绪七年七月二十三日	“超勇”“扬威”英国启程
光绪七年九月初十日	两船抵达上海
光绪七年十月初一日	李鸿章验收抵达天津大沽的“超勇”“扬威”快船

□ 据清光绪三十四年（1908）商务印书馆代印之铅印本

□ 杨向群校点

池仲祐西行日记目录

自序

余年逾冠，于役欧西，舟舆所经，靡日弗录，秘之廿载，惮于示人，冀笔墨有所长进，加湔雪也。乃者西归以还，屡走韩、日，复从军旅、威、芝、沪间者有年，继以矿事奔驰齐鲁之郊又有年。比岁宦粤，鞅掌尘劳，益罕隙晷。嗟夫！忽忽至今，求所以益治吾文者，竟不可得耶！然是篇之作，成于海行舟次，帆樯颠簸，机轴喧阗，危坐命笔，未或少辍。故亦随意杂登，罔能修饰。今者公馀检阅，犹仿佛风涛澎湃、荡胸荡耳时也，亦姑留以志泥爪云尔。

戊申初夏，闽县池仲祐识于熙平州廨

林纾序

夫荷方洋夫金枢之穴，狎媟乎卉服之酋。髽首镶耳之豪，餍我浆酪；凿齿雕题之杰，习其韒鞝。方将广摭虫鱼，书成《赤雅》；杂收草木，志号《虞衡》矣。而况胜侣同舟，蛮姬婉娈；穹居命酒，胡乐娇狞。飞天外之诗情，记欧西之韵事。——此马政浮海、楼钥使金所未开之境地乎！

水外穷天
岛中问国

吾友池君滋铿，入红莲之幕，为黑海之游。孙子荆长揖而来，张博望浮槎而去。帆及鲸鱼之脊，柂摩螭虎之颐。水外穷天，岛中问国。百色妖露，沦之酒杯；八裔迤涎，画以诗句。舟行凡三十馀日，始达欧洲之纽克所焉。时则青阳已谢，红柳犹春。云流烂汗之楼台，树荫颁斌之士女。联舻弥望，荡水气于旄头；复道横空，坠雷声于天表。虽忉利天之市，毗阁延之堂，宁足方哉？

于是芒鞋犯月，孤笠寻烟。远树依微，如闻流吹；杂花葱茜，时见美人。则有宋氏三妹，意家一妹，本金张之望族，为姑射之散仙。碧水抱门，红楼入画。君则药锄在手，渔艇沿溪；喜闻流水之声，若为桃花而至。蛮靴肃客，唾珠玉于帘前；锦字通辞，活蛟螭于腕底。结为腻友，廓此吟怀。相与同驾翘车，径登途阁。小憩中山之宅，一涉午桥之庄。元云高垂，画栋重叠；红葩狎猎，藻井迷离。帘幌动以千重，花草灿其万色。游侣既韵，觞情遂多。别有地号豹房，园如艮岳。狞兽鬖髿而抉石，王蛇䄿毯而盘松。句丽之卵五升，海神之胫丈六。无不宝如拱璧，数为家珍矣。若夫杨么激水之轮舟，平子浑天之仪象，存其椝矱，幻彼神奇。机腾郁律之声，炉煽阴阳之火，诡变万状，流览一周。而三女者（谓玛奇梨、意腻、意楣），心仪中土之衣冠，眼热名流之裙屐，向鄂渚同舟而渡，为瑶台引路之人。故滋铿得以流览山川，指麾云树，以纪游之记，为本事之诗焉。

宋氏三妹 意家一妹

纪游之记 本事之诗

当夫芊芊草色，四壁莺声；碎碎蘋花，半江楼影。斜阳立处，消受领巾之香；明月来时，拉杂蛮弦之语。留髡何止一石，同心若誓三生。观其赠别数言，临歧一恸，眉峰牢锁，衫袖淋浪。逝水无情，隔乱云而西望；家山有路，抱艳梦以南归。袖将阿杜之钗，囊得崔徽之影。钟情至此，亦足多矣。

嗟夫！苏子卿海上逋臣，缠绵彼妇；胡澹庵岭南逐客，顾念梨娲。然皆置之毡庐，荐以枕席。而滋铿则缘情不靡，防礼自持，倚枯木于寒岩，落天花于丈室，一丝不挂，五蕴皆空。或异日者杜司勋再到湖州，习参军重经襄邓，亦有物换星移、子满阴多之感乎？是不可知矣！

同县愚弟林纾顿首拜撰

题辞

丈夫生当负壮志，思与古人争位置。青衫沦落困风尘，牖下老死惭无地。池君滋铿幼负异，万卷诗书素性嗜。伯兄年少共联镳，童子军中早拔帜。滨海妖氛惊日炽，楼船将军膺重寄。处囊毛遂颖求伸，投笔班超才欲试。西域诸番储机器，制就大舟工精致。譬彼求剑须雷津，犹如市马宜唐肆。帝命舟师往罗致，三万馀里出星使。池君莲幕赞戎机，从行二百二十四。大海蒲菖航匪易，扬帆三月犹未至。烟波鸥鹭共忘机，浊浪鱼龙共游戏。玉兔东升乌西坠，转盼星辰惊易位。舟行忽忽抵英邦，城郭民人骇异类。酋长传闻天使莅，出郭郊迎遣卿式。牛酥鹿脯侑蛮觞，苦劝使臣期尽醉。蛮觞进罢还扬觯，侑食兼教鸣鼓吹。两行蛮妓出娱宾，仿佛缠头尽珠翠。良家有女名意腻，一笑回头生百媚。对客常萦脉脉思，怀人时露依依意。谓我滋铿性独挚，欲联巾帼芝兰

丈夫生当负壮志

谊。居然两少耦无猜，从此出游常并辔。出游漫把燕私刺，景物异乡须指示。博物院里萃珍奇，蜡人馆中罗贤智。形胜名区游览备，草木山川复遍识。蛮花犵鸟自春秋，不觉韶华频我弃。顷刻二舟告蒇事，游子归乡情已遂。邮亭话别黯销魂，愁把罗巾相赠遗。折柳河梁共涕泗，嘱君一语君须记。望君见巾如见人，巾中曾绣阿侬字。别后终宵难成寐，壮夫敢把私情累？万里风波羁旅身，满腔儿女英雄泪。惊涛骇浪迷舟次，不尽离愁杂乡思。离愁乡思绕毫端，爰把行程编日记。我诵君诗心已悸，读罢是编更酸鼻。如许蛮烟瘴雨中，恍觉游行更掉臂。君腹本如孝先笥，聊借斯编抒闳议。如铸禹鼎象神奸，如披山经图魑魅。君才隽颖如徐稚，历尽江山更纵恣。庖丁屠坦目无牛，相马伯乐胸有骥。从此秋风助鹏翅，近光出佐承平治。但使军中有范韩，西贼胆寒应走避。倘使安边求将帅，元戎赫赫君无愧。乘槎博望穷河源，敢问勋名孰轩轾？

博物院里萃珍奇

乘槎博望穷河源

年小弟郑祖周顿首拜呈

吴荫培诗

海客谈瀛或子虚，环球今日达舟车。甘英到处留鸿雪，补作山经未见书。

万里海疆联一气，王师首尾扼神州。儒生中外维全局，何止军前借箸筹。

大地菁华采不穷，未妨人力补天功。中原民物疮痍久，何日开源匮转丰？

滋铿大令以所著《西行日记》、《七省海军议》、《勘矿说帖》见示。各系一诗，惟希是正。光绪丁未六月，平江吴荫培云盦录稿。

粤峤循声闽峤才，一官小试自恢恢。袖中霞客记游在，笔底瀛寰补志来。锥处平原毛颖脱，源探博望汉槎回。廿年盾鼻留馀沈，戎幕书生备鼎台。

谈瀛驺子言犹诞，投笔班生计亦疏。独有楼船横海国，不妨管翰佐轺车。传家本是中牟令（君为西汉池瑗苗胄），记事旁通安息书（日记中人地品物暨各项名词，君纯用西文为识）。绛灌能文随陆武，使君才略卓兼储（君在北洋时并著有《七省海军议》，坐言者会当起行）。

池君滋铿以县令筮仕岭南，廉干有为，博览多识。上游器异，寅友倾襟，非一日矣。嘉锡因奉差在粤，获与君交，公馀过从，饱饫绪论。尝出所撰《西行日记》见示，盖君二十馀年前参北洋海军幕职，从督操提督游历欧洲，舟行时所载笔也。嘉锡受而读之，觉番花犵鸟，尽态极妍，如躬汗漫之游，备见剪裁之妙。篇中探矿、冶煤两说，尤所服膺，卓乎文章经济之林，粹然布帛菽粟之语。彼《职方外记》、《海岛图经》，侈述异闻、徒资谈柄者，方兹褊矣！敬题两律，用志勿谖。 冯嘉锡跋

世愚弟冯嘉锡敬跋并题

壮哉滋铿，行欲遍，欧罗巴地。九万里，鬼方蛮俗， 陈鸿章词

都归掌记。闳辩如观瀛海论，乘槎翻陋河源使。羡二三鸥鸟亦忘机，罗而致。　　专阃任，谁堪寄？卧榻侧，由人睡。只楼船横海，年年儿戏。著述自添局外感，闲情何损英雄志。祝乘风破浪称生平，长材试。（调寄满江红）

年愚弟陈鸿章未定稿

萧健诗

千秋眼界拓奇观，机事机心仆数殚。七窍凿成浑沌死，只应天地幻新难。

天生万物本情多，因利偏教至性磨。留得秉彝攸好在，千年万里尽同科。

披来色色尽离奇，只有天真万不移。自是人生知己耳，更无夷夏与雄雌。

宏纲巨目且无论，王道人情本一源。试问辅轩高坐者，采风恐未及闺门。

世愚弟萧健呈稿

6,11,5

西行日记卷上

光绪庚辰十一月，直隶总督李傅相奏，派北洋水师员弁赴英国接带新购快船。余以文案事得与行。主者为督操提督丁禹廷（汝昌），及同事马玉斋（毓藻）、马湛卿（元恺）、解砚珊（茂承），又管带官林凯仕（泰曾），副管带邓正卿（世昌），大副蓝季北（建枢）、李琴轩（和），二副杨雨臣（用霖），正管轮黎倬馨（星桥）、陈辉山（学书），副管轮王衡友（齐辰）、陆平波（保），管队袁育之（培英）、何式武（桂福），医生江禹门（永）、杨钟昂（星源），并洋总教习葛雷森、洋管驾章斯敦暨舵工、水火夫役二百二十有四人偕。 光绪六年赴英接船 丁汝昌 邓世昌

按快船定制两只，在英国阿摩士庄厂成有日矣。傅相命其名，一曰“超勇”，次“扬威”。往岁购船，均彼人驶至中国，为费较巨，故此行改派武职重臣，且以增各员弁勇丁游历涉练之益也。 傅相命名超勇扬威

天津登船

初五日　招商局“丰顺”轮船驶泊天津，合部即午登船。申刻，由西沽启行，各兵船升炮并挂彩旗送。是夜，停泊大沽口。星月明概，岸上烟霭横亘如带。

初六日　晨，开舟出港，过南北炮台。是日天晴，风西北来，舟微簸。夜渐阴，风狂，舟仍行。

初七日　辰刻过烟台，微雪。午晴，风定。向晚阴，雪。入夜，过浅水洋，雪，风愈紧。午夜，过黑水洋，时月时雪。

初八日　舟又冒雪行。夜抵茶山，犹行。

吴淞口下锚

初九日　寅刻泊灯船边。辰刻，驶抵吴淞口下锚。时“龙”、“虎”、“霆”、“雷”四驭船驻防于淞，诸友咸集见枉。午后，合部上下人等均借住“驭远”船。“驭远”者，上海第六号兵船，管驾官金荣都司候升参游加副将衔。

定制勇役号衣旗帜

是日，定制勇役号衣并旗帜，计价洋四千七百圆，又号靴三百圆，立状限清缴，不得逾期。

是夜，丁军门与马、解、江诸君往寓上海万安楼客馆。余往“虎威”炮船访许玉珊（寿山），留宿焉，话别后事至漏四下。

十一日　巳刻，附“泰安”小轮舟到上海。乘车入高昌庙，往广方言馆访萧敬孚（穆），后到“登瀛洲”兵船留宿。船为叶鹤舫（伯鋆）所管带，余兄镜如就其幕席。

十三日　雨。鹤舫款余，治肴酒，焚香煮茗，论时古文殊酣畅。余又为鹤舫述偶句数十对，皆时人斗诗之作。

6,11,14

其最警者，如“孤峰兀兀月难下，海水茫茫天欲摇”、“黄昏庭院纤纤月，未晓楼台隐隐钟”等句，鹤舫皆书藏之。

十四日　晨，往扫叶山房购《文选》、《庄子》等书。巳刻，镜兄送余到小东门附轮回淞。是日，赁得淞海关房屋，有楼，移住焉。楼四面环植嘉树，西风萧槭，撼窗有声。倚栏吟望，不类喧境。弁勇等亦分伴岸住。于是分诸勇为两班，其一属林管带、蓝、杨率之。次属章管带、邓、李率之，从“驭远”借洋枪百六十杆，日赴淞校场会操。升火人等随时添招，属“超勇”者黎、王率之，属“扬威”者陈、陆率之。时亦随同水勇操演行队。

在淞海关赁房小住

十八日　微雪。

二十日　冬至。玉珊公寓从外虹口移居淞乡。余绝农亩，行青绿中，始达其门。万竹扫天，牛犬杂卧。风尘人对此有愧意，遂与茗话而别。高柳鸣禽，为夕阳反逼，江行如入画图。小艇三两，停篙把舵，参错有致，为流连久之。

二十二日　丁提督、葛教习偕玉斋、砚珊、禹门由申附法国公司轮船先行，拟验收诸事齐备后，合部再行赴英也。驻淞公事，林管带会同章斯敦办理。是日购得《先正事略》、《世说补》等书。

丁汝昌等先行赴英

二十三日　偕凯仕、衡友搭“新南升”轮船回闽。缘明日外国冬节，船延未开。是夜宿新顺记洋行。

二十四日　在上海游，夜回宿“新南升”。是夕，淞江有法货轮船装载棉花等物，不戒于火，竟兆焚如。各官船携水龙救之，不克。自午夜达曙，竟成灰烬，舟馀外郛而已。船上人皆得小舟逃去，无焚毙者。闻者咸以为戒。

二十五日 “新南升”船开行。过淞，见烬船犹有馀烟。是日天晴，风定。

二十六日 舟行渐南渐暖。

回闽省亲

二十七日 辰，到岐江，即觅小舟，乘风驶到万寿桥回家。

十二月初四日 群玉文社友人集法海寺，祝刘猗衡（藩）堂庆。在座者林小庾（孝箕）、伯颖（孝恂）、仲琴（孝彝）、玉行（孝颋）、舸三（孝颖）、馥臣（孝曾）诸昆仲及林子山（仰崧）、陈香雪（海梅）、邓端椿（廷俊）、张伯梓（纲）、叶鉴汀（秉衡）、叶友恭（大根）、林铭孙（志濂）、林剑午（焕元）及滋膺伯兄也。年来雅会，诸君或出游未归，或以事不赴，是集独济济毕至，称盛会焉。

双骖园

初十日 偕膺兄游乌石山，观双骖园。园面东南；楼台亭阁，错落有致；花草木石，备极峻美。其中亭联云：“平生最爱说东坡，日啖荔枝三百颗；天下几人学杜甫，安得广厦千万间。”蠡测轩联云：“二豪侍侧若蜾蠃，一枝可借惟鷦鷯。”俱有亭联云：“野旷天低树，松凉夏健人。”俱有亭者，谓远取山、近取水而俱有也。夕阳掠影，榕绿草黄，野外寒意，飒然西来，眼光为之一荡。旁

南社诗龛

有九诗人香位，祀林筱铭、杨子恂诸先生，所谓南社诗龛云。便路往观愿学堂旧址。

6,12,11
由家起行

十一日　辰刻，由家起行。巳刻，从尚书庙道偕凯仕雇坐小舟赴岐。午后到“新南升”轮船。

十二日　晨，“新南升”开船。天晴明。过福宁诸山，依稀忆旧岁太姥之游（旧岁偕梁镇军成华等游太姥峰，另有记）。

十三日　舟行。是夜子刻到沪。

十四日　晨，憩新顺记洋行。未刻，偕凯仕回淞寓。

十五日　镜兄由南京寄《汉书》到。是日，分给各勇号衣靴。

二十六日　李傅相公文到淞，命往上海机器局领洋枪八十杆，配弹子万粒。　往上海机器局领枪

二十七日　各勇停操。

三十除日　本部官弁，均在寓宴饮。

辛巳元月元日　天气晴明。　光绪七年

初四日　各勇起操。是夜雪。

初五日　天晴融雪，滴溜沿檐有声。

初六日　午后步往淞市游。所过田间，旁有小沼，百鸭成群，浮波唼水，颇饶妙趣，所谓“春江水暖鸭先知”者也。

初八日　天气晴明，无风。琐窗清亮，砚冻暖融。诸友入沪，寓中四寂。余拂几孤坐，展诵《汉书》，怡然自得。是夜，满庭风月，竹柏交影，积水空明。剪烛至漏二更许，步出疏栏，临江一望，烟水沙月，诚琉璃世界也。

初九日　午后过玉珊家少坐。还途遇陈克宽。克宽，

故余研友，邀与来寓。晚餐罢，开户见月，步出栏杆，渐

淞江月夜

沿江岸。潮涨没桥齿，远舟灯火，疏落如星。凉风徐来，薄寒袭袂，复与克宽步还。栏外月色益皎，花阴满庭。余顾谓克宽曰："旧岁春，与君同宿黄孝铭寓斋。孝铭新构日涉园，繁花异草，腻绿湿红。许夜月色如水，陈幼庸、叶贡侯、王培辰均在座。孝铭喜余过从，市酒肴，酌月下。藤阴扶疏，花气袭人。因与诸君畅谈《红楼梦》书中诸胜，述怡红、潇湘故事，未尝不感慨系之。无何，隔屋卢仲雅来诉堂后鬼鸣。群喜趋视之，乃蛙吹耳，大发一笑。此景此情，诚难多得，迄今不能忘也。今夜色如此，有客无酒，不几令风月笑人耶？"呼童子商之，市远难购，谋诸邻宅，沽其家酿，因与克宽向月对酌。余出《汉书》东方曼倩等传，为克宽朗诵之，酒趣横生。古人资以下酒，真不我欺哉！俄而月坠，漏且四下，就寝。

十四日　招商局"海琛"轮船由申修竣，抵淞口待载。管驾英人，名桔捧。已将船舱改制员弁房屋，第三舱作各勇卧床三百架。

移住"海琛"轮船

十六日　移住"海琛"。余居房一所，尚清适，可以观书作字。

丁汝昌电

二十二日　丁提督寄电来，命合部可以四月内到英。

二十五日　驻"驭远"弁勇亦到船。按日陆续添招舵工二名，升火三十三名，夫役五名，连前计二百六十四人，同驻"海琛"。饭食由招商局账房办给，员弁人日银三钱，勇丁日银一钱。"海琛"本船只有船主，大、二、

7,1,25

三副，三管轮及数名夫役而已，无舵、水、升火人等。林管带派头目、舵工、木匠照常供差外，又选水勇二十人代役舱面各事，升火四十人代役机舱各事，官弁亦轮流为之照料。李傅相与招商局旧约然也。

二十八日　修上李傅相公文。

二十九日　巳初，“海琛”启行。淞江各兵船、炮台皆升旗发炮送。是日天微阴，寒暑表四十度。午后过宁波界，亥刻下锚金山。按“海琛”船每点钟行十海里，加风可十一海里。每海里计华程三里有三。 “海琛”启行

二月初一日　卯初开舟。天晴，顺风扬帆，晚过台州界。台州山峰，如两指叠竖。是后，船昼夜行。

初二日　过福建东永牛山各界。天雨。午后过白犬山，夜过龟山。入夜有灯，明晦均以机轴，每一分钟一见。是夜，天霁星明。

初三日　晨过厦门界。天气和暖，服单夹衣。

初四日　巳刻，船抵香港。“海琛”因制淡水机器损坏，在香港修之。香港为广属海岛，凭山起屋，层楼叠阁，累上入云。沿岸多板舆。各乡皆以黑人为巡捕，视道路有争执辄治之。亥刻以后，途中非有执照不得行。是日天雨。星桥邀余登岸游，适杏花楼饮，同舟友均在座。午后，上李傅相公文，作家书、友信。 香港为广属海岛

初五日　凯仕觞诸友于杏花楼，同席十一人，凡四省，十一姓。

初六日　复作杏花楼饮局。

初七日　巳刻开舟，有风浪。是晚，舵工余发右手为舵所击几折，杨医生为急治。是后，舟昼夜行。

初九日　天晴，暖似五月气候。是夜，月色如昼，海乃镜平。

初十日　经西贡（Saigon）界，申刻过靴岛（Saptow）。

十一日　经行洋面，时见小岛，风平浪静如内河。是夜，月色清霁。

南海二月挥汗如雨

十二日　无风，天愈热，挥汗如雨。忆旧岁是月在津，初八、十二等日大雪，重裘不温。以视是处，气候不齐，真相悬绝也。是夜，乘月纳凉，与诸友杂谈。

新加坡登岸

十三日　巳刻，船抵新嘉坡（Singapore）。发寄李傅相公文。午刻，偕诸友登岸，访我国领事苏玉泉（溎清），又访厦门人曾景文。曾在此经理洋人文案，挈家居焉。午后，游英人花园，奇花异木以千计，罗列布置颇工妙，多莫知其名者。奇兽珍禽亦数百，以铁亭笼畜之，知其名者，海鹤、鹦鹉、莺、鹰、孔雀而已。日既西，复游领事花园，园不甚宽敞，而亭榭清幽，林荫丛密，自是中国园亭景象。是夜，正卿作得月楼饮局。

街衢设机器直饮水

十四日　午后登岸，周历各街市。按新嘉坡本非英地，为英所取，故属英，而言语文字仍与英殊。土民不着裳，以红花布围身。地酷热，四季皆行夏令。街衢设机器，引山水注其中，民热渴则沿路取水饮。草木茂盛，莲叶大数围。人奇黑。然此地去中国最近，闽广人居而贸易

7,2,15

者，三十馀万众矣。

十五日　诸友于得月楼为余设群芳会，事详《风雨杂谈》中。

十六日　衡友作饮局，亦在得月楼。是夜，分咏诸花，成诗十首。

十七日　天晴。开舟入印度洋（Indian Ocean），风平浪和。以后舟昼夜行。 过印度洋

二十八日　天气清和，似闽中桂秋。水勇等搬运煤炭。

二十九日　水勇等练习洋枪打靶。是夜尽印度洋，入亚丁界（Aden），沿途皆有灯楼。 水勇练习洋枪打靶

三月初一日　天气渐热。夜入红海（Red Sea），海涯皆山，多灯楼，灯约三四分钟一见。是后，按日赏升火等酒，以解渴烦。

初二日　天气大热，暖风煽人，盛于酷夏，盖是地于赤道为最近矣。巳刻，见两岛，一大一小。有失水轮舟二：其一四枝桅者，半枕于山，半没于水；其一船桅均坏，搁于浅水，半倾焉。

初三日　天热如昨。有鱼如鳊而长嘴者数百尾绕舟行，广州人呼之为白骥。又时有鸟飞来，翼如花蝶，身如雀。 白骥

初四日　天仍大热，夜起风。

初五日　天顿冷如秋。

初六日　风稍定，天犹冷。晨见海涯，复有一轮舟搁

苏彝士（苏伊士）

破石礁，四围山渐密，如内港矣。是夜子刻，抵苏彝士河（Suez）。河口有船坞，夜以红绿灯分挂两旁。即时，船在河口外寄碇。

按是河之阔不容二舟，长八十七英里，盖新创之捷径也。先是，此河未开，船赴欧西者皆绕道行，计程迂远。相厥地势，惟此为近。阻于山，不得行。法人欲通之，雇匠凿焉，终惫于力，不果成。英人续之，乃达。计开是河费银约二亿万元。今各国船来往者，量船之长短浅深、计人之众寡与值焉，所以偿开河之费。彼又派引港人代驾驶入河。

河口检疫

又船过是河口者，本地即派医生来验。如船有时疫病人，则全船立被拘留，或十四日，或二十一日，甚者两匝月，必待病愈方准开行。并着挂黄旗以为认，使船、岸人不得来往，惟一人来送信接信、备给水菜，亦皆不上船，所以绝沾染之患也。若本地有疫症，亦禁来船人登岸。

过河收费

初七日　晨，医生来验无恙讫，量船人量船查人数讫。“海琛”船应给洋四百四十圆，人另给洋各两圆，此兵船例也，货船倍之。按是日河中出入轮舟十五只，取费各千有馀银。外国人重本以求息率如是云。又河中非轮舟不得经行。

是日，天气炎热。午初，展轮入河。河夹岸皆沙土，如华北。河较仄而直，沿途浮桩以志，港树杙以系绳，燃红绿灯以备夜。午后，遇轮舟出河，系泊傍岸，让其行，舟过复开。时亦受他船之让。日既夕，系船河中，例不得

7,3,8

夜行也。

初八日　辰开行，沿路避让，行如昨日。又有挖土船一只出河。日暮，仍系泊。

初九日　晨开行，逾时抵坡是（Port Said）下锚。坡属埃及国。居民着大领宽衣，如道袍；妇人以布包头，覆额及眉，才露目，目以下又以青纱垂覆焉。其地热，多蝇。英、法国及意大利人杂居之。是日午，余偕诸友登岸游。抵岸，有童子为导路，往游法国小园，复出闲步，憩茶酒楼小饮。见街衢之上有干鳄鱼一，长五六尺，四脚虎爪，遍身鳞甲，背树翅状，甚凶猛。斯即潮州所称者类耶？夫鱼而爪，几于龙矣，其为灵物可知。向晚回船。是日，修呈李傅相禀。 埃及国

初十日　开舟出港，入地中海（Mediterranean Sea）。天晴，风清和。午后，草定快船各执事规条。是后，舟昼夜行。 入地中海

十一日　天气清凉如秋。过土耳其（Turkey）界。

十二日　有浪涌，天气益冷。

十三日　浪涌如昨。入夜，子刻见山有灯楼。

十四日　晨雨，午后晴，有风。

十七日　沿海山皆灯楼。在洋面同行者三十有七。盖是处为赴英总路，故来往船极多。是夜，尽地中海。

十八日　抵缉蒲劳他（Gibraltar）下锚。是地亦浮岛，岛形奇壮，如卧兽。地本属西班牙国，因西班牙与英战败，割是地以偿兵费，故今属英。英人即岛穴镶布炮 缉蒲劳他（直布罗陀）

炮台镶布 台，既多且固。商民之家依山叠上，气象殊壮丽。港口有兵船驻防，皆灿然可观。其三枝桅、五枝桅两船，即中国学生往驻学习者也。午后，船装煤。是地卖煤，船装满泊江中，计数十只。轮船欲盘煤，必就系之。

十九日　晨，开舟出港。天风雨，有波涛，夜又雷电。过西班牙界。

二十日　仍大风浪。午后，过蒲萄牙（Portugal）界，望见高山上有广厦，知之者以为皇殿也。

二十一日　浪稍平，冷如季秋矣。晚入被卑士地（Bay of Biscay）。

二十三日　天冷如冬，海上无风浪。晚入英国海（English Channel）。

二十四日　天微阴，风和。午后，过伦敦界（London）。入夜，渐抵内港，望见岸边灯光燎亮，联络数里。午夜，天大寒，雨雪。丑刻，下锚多尔（Dover），待引港人来船。按是地夏晨三点钟天明，晚九点钟始暝；及冬则晨九点钟天明，晚四点钟暝矣。

抵达伦敦

二十五日　晨，开船。天微阴，有风。

二十六日　清晨，船入内港。辰刻停轮，换引港人后即开行。夹岸船坞数十座，衔接不绝，惟见炉烟缭绕，桅樯参差而已。午刻，到罗窠可（Low Walker）下锚。午后，往观新快船，两号均未制竣，合部仍驻“海琛”船上。

二十七日　奉到慈安皇太后大行警信，以行营例禁，

7,3,28

二十七日不得剃发。是日，丁提督到船。午后，解船移泊九里以外。丁汝昌到船

二十八日　雨。是日以后，水勇等早晚站班点名。

二十九日　天阴。洗净全船以后，各执事按日办公，如兵船。

四月初三日　船复解绳，雇小轮拖行。所过港内，有两铁桥横空飞渡。桥两层，上层火轮车之路；次层中走马车，栏外小路以备人行。桥高十馀丈，以“海琛”船桅八丈过其下，绰有馀地。申刻，到纽克所（Newcastle），夹岸土人聚观如堵。即时，船系泊离纽克所三里地，名挨苏逸（Elswick），盖即阿摩士庄（Armstrong）厂前矣。连日阴，时有小雨，天气大寒。大铁桥 纽克所（纽卡斯尔）

初五日　微雪。

初七日　以后给水勇人等假。葛雷森请洋人意淡顺、拍可两名到船为教习。

初八日　偕诸友登岸游，沿途士民随观者甚众。午刻，往观阿摩士庄机厂，中有一千匹马力机器。又入观炮厂，大炉熔铁，铁流如泉涌。十八吨、二十八吨、三十五吨各大炮罗列以待售。其馀将成者、在炉铸者、已铸而磨切者、适拼合者、在模印者不胜指屈。其第二十九厂有马车炮，陆战所用也。又有五响连发者，式约如格林，而炮之大倍蓰之。又有新创制法，中一铁板为套圜，外以铁线叠扎之，大约如十二磅钢炮。最后往观制弹子之厂。余欲观其制法，监厂者令筑模倾熔铁，立成弹子，其为之一反参观阿摩士庄厂

手之劳耳。出厂后，往观一百吨之炮，计每吨合中国一千六百八十斤，是炮计重十六万八千斤，犹悬于吊炮之架。云已制六尊，卖往意大利国矣。按阿摩士庄之厂每日做工者三千人。初，余之将往观也，询诸厂中电局，局即以电话请于主者，报可乃往——亦新创之法，口言耳听，顷刻可达三百里而遥。

电话

初十日　偕玉斋、衡友、湛卿雇坐马车赴纽克所，往生土石火轮车站头（Central Station，Newcastle on Tyen）。途遇簪士汤木顺（Tame Thompson），即前在四镇炮船管轮赴天津者也。因邀往茶馆憩谈后，送余等上车归。

十一日　英礼拜日。土人集岸边观船者约千人，男女上船观者联络不绝。是日水勇等停工而不给假。

发明家实提生顺（斯蒂文森）

十二日　偕季北、衡友登岸抵纽克所，便道过映相家买相簿。其店主善款客，因出创立火轮车者租实提生顺（George Stenphenson）之相见赠。

既出，遇新报馆主人。彼曾一过吾船，故与余相识，因邀往观马戏场。场中日间不演戏，诸马多出为服车等用，然马房犹馀十馀匹，骠壮肥硕，想见腾骧气象。后场教犬演戏，有四小犬列坐小椅以待令，呼一一下，呼二二下，跳架上桌，走跃拜跪，皆如人言。

观毕，新报馆主人邀往其店少坐。店中妻一、女子一，待客恭谨。又登楼观活字机器。继遍穿纽克所各街衢，时过午矣。入客寓，寓中净无纤尘，楼上明窗净几。供役者，妇女数十人，俗然也，倩装约束皆明洁。午餐

新报馆的活字机器

7,4,12

毕，步归。

附登纽克所土俗十四条：

英国钱币之法，用金钱一文为一镑（Pound）；又以二十士林（Shilling）为一金钱，士林，银钱也；十二边呢（Penny）为一士林，边呢，铜钱也；又有六边呢者，小银钱也；半边呢者，小铜钱也。 英国币制

各埠设电报局，英国界内寄电信者，皆给银一士林，信到立送，刻不迟延。其二十字以上者，价照字加。 电报电信

火轮车铁道遍国中，约车行五分钟、十分钟即有站头，辄停车。搭车者先时守候，车到，搭客上车下车毕即开，约停三分钟为准。各埠设大时表，按候停开，分秒不爽。车道之旁，入夜璃灯蝉联，辉明彻曙。车之速每点钟可行六十英里，即中国里计之，一小时行一百九十八里也。车之多，不计其数。即纽克所生土石站头，各路来往互换之车日约二百轴。其取值亦不昂，如纽克所赴伦敦计六点钟，坐一等位者每人三十五士林，二等位稍减之，三等位倍减之。车中每房设警钟，有急事鸣钟，车辄停；无故鸣之者，罚金五镑。 火车铁路

各埠设邮局，通国沿途皆有信箱。寄信者掷信于箱，收信者日以早、午、暮三次，立收立送。其资以小票一纸粘信面，价值一边呢。票由局出，寄卖各街铺，寄信粘票掷箱，信局为加戳记而已。本国之中皆用此票，如信过重及另附物，寄者酌量多粘数票。至出国之信，必寄总邮局，票样同而价照加。 邮局信箱

街市交通

街市宽阔，旁供人马之行，中筑公司车铁路。自晨八点钟至夜十一点钟，各道车行来往，纵横络绎不绝。车中可坐四十人，两马四轮，间或用一马、三马不等，视路之远近崎坦为之也。搭车者不论远近，每人两边呢。沿途有人上下，车辄停而复行。马车坐四人者甚多，皆自车馆出行，路远近有例价。车上各书号数，如价逾例及失物在车，可以记其号数到馆取偿。

巡捕

各乡设巡捕，服号衣，终日终夜轮流立道旁。民有争执及酗酒、行窃者，执送官。又巡捕捕人，呼民助之，不助者有罪，巡捕亦随捕之，故民畏巡捕如虎。中国人初到纽克所，民从观者到处成市，巡捕辄赶散之。

煤气灯

道路虽僻处皆有煤灯，相融只五七家耳，彻夜光明到曙。人家亦皆用煤灯数盏，各有管道通煤气厂；或点或不点，月用煤气多少，厂中皆知之，匝月则与计帐。

自来水

人家均无设井，所用汤水，有总局管通于家，随时开用辄来。

居民房

民屋一律起盖，沿屋列号于门。璃窗石室，竞为明净。门外设铁栏，栏内馀栽花隙地。其屋内门帘地毡及琴案床凳等物，皆屋东原设，买屋、赁屋者于此等件，无庸携带添设。至员绅大家，则多盖广厦于旷野僻壤中矣。

清洁车

每清晨，有马驾货车沿途收取粪草，故路间终日清净。又时有水车喷路，故驰而不尘。

学校

各乡官设学堂，不论何等人家，男女均当入学，量力送资于师。不入学读书者，官罚其家人。学堂中兼教天

7,4,12

文、地舆、绘算、律例、丝竹、歌舞、医药、针绣诸技，故英人无论男女，皆有所长。其童子无亲属照管者，另收一处学习水勇。

民废疾者，入院收养，丐者入狱。

讯讼审罪，无加刑，用质证法，辞屈乃定罪。罪人入狱作苦工，工满乃出。 讯讼审罪

各乡设礼拜堂。拜日，于上午十点至十二点，下午三点至四点，士女入堂听讲，皆屏息静坐。牧师登坛开说，率皆劝善。民之来听与否，各从其便。细察其奉耶稣，亦皇家所尚，如我国之奉孔子。俗礼拜日及拜六下午，士农工商皆停工作，馀日亦晨八点钟起作各功课，至晚五点钟以后，街铺闭户，游人塞衢矣。 礼拜堂

十三日　午刻，偕琴轩登岸游。买票搭火车抵可罗士(Crllercoats)，访簪士汤木顺，适其外出。其邻友意澄(Adams)邀往其家少坐，后出观街衢。临江一带，多小渔舟。近岸，乱石急濑，如万壑松涛。栏杆木凳，罗罗散布，多游人流憩，有临流选石坐者。沿江屋皆宏敞，楼三四叠，盖巨室避嚣地也。顺途复过汤家少坐，适簪士还，相见大欢。其子四，皆幼，群绕膝嬉。又中堂有琴，百四弦，汤为抚一曲，音调琅琅。 登岸游街衢

申正，意澄别去。与汤坐火轮车到纽克所，往观挨苏入花园。中有孔雀，尾长六尺，翎十二眼者三枝。山鸡羽五色，如凤凰。又汤有狸一，寄在是园，依栏外一呼，狸辄至。出园，过汤木顺父家。家有鹦鹉，能言，作蒲萄牙

“花佛界” 国语，自呼其名曰“花佛界”。问何食，曰：“食肉。”他人手近之则啄。汤父携玩之，置肩掌，甚驯也。

上岸后，往游马戏场。场圆如环，旁设层阶以备客坐。中不露天，悉挂煤火。凡十二演：其一女子骑马出，马戏 马驰而女子凝立马背弗动，更驰，则易独足立矣。复一马出并驰，女子跨立其背。已而三马、四马骈驰，女子则次第飞立其上，捷如飞隼。又有为伪痴之人，杂谑其间。少顷，出狗四，立者，行者，坐而起者，戴帽者。最后则作跳架戏，一跳，高之，再跳，增高之，至三四跳外，架增高数倍矣。又人与马为戏，以白巾一幅埋土场中，不立标识，令马掘之。以足挖地，至七八所，果得埋巾。又或以东西盒藏红白两巾，告马宜先得红。马乃往开盒，见白弃之，得红衔而出。有时，马或逐人，如捉迷藏。寻又出童子戏火。女子则立马上抛球掷环，击必中，接必得。又作大环蒙纸，马到环边，女子跃入环中，破纸过环，又跃坐马上。复见八童子戏帽，更演痴人骑马作丑状，又变为翻杠之戏。此外则驱马跳架，痴人饮酒，童子驰小马如女子飞立状，并演贼窃物，馀皆笑谈不足述也。午夜，汤坐火轮车回家，余与琴轩回船。

十五日　偕琴轩、星桥、辉山登岸，拟往观新快船试金登幹 轮。到岸，遇本地人柯罗利（Curty），同往酒馆少坐。琴轩出晤税司金登幹，云其轮本日自试，他人不得与观。

柯罗利遂邀往同观画院，中多古物，亦有华磁，院东画院 辄问何者最古。又新制独轮铁机车、双轮铁机车，坐而脚

7,4,15

踏以行，转左转右，应手而灵。其画大小百馀幅，皆油漆所绘，山水人物杂景，摹影设色，工巧无伦。人则须眉欲活，花则香色如生，兽怒山号，鱼潜浪动，霞烧壁紫，雪重天空，其骎骎乎刘褒之神技欤？

博物院

观毕，往游博物院。入门，有木偶人三，高丈馀。云此物已四千年，古人皆若是长也。院中飞、潜、动、植，皆原生物浸以药水，久不坏。大而龟蛇，小而蝉蝶，皆有之。其最奇者，蟹一，大数围；海牛一，鳖掌象牙，虎尾牛身。又海鳅、狐狸，百端炫异。煤百馀种，皆别有名。中有生物，见风亦成煤，形犹存也。人头四，骸骨二，枯而漆之。入藏书楼，多名人图象，其书遍蓄各国诸种，《中华字典》、《论语》皆有之，意义、字义，英文条注详明。观毕，请留名而别，时过午矣。往搭火轮车，行车自山穴阴行十馀丈。

华人首次来此观矿

下午，到柯罗利家。其父母见有华客，大喜，亲治具延客。嗣柯罗利邀往观煤矿。矿东云："中国人第一次来此观矿矣。"出衣令易之，各授灯一盏。约束停妥，坐煤盘自矿口坠而下。机雷动而盘风行，瞬息而历二百码。到矿中大屋，两堵张灯，明如昼，椅桌悉具。矿中不得用煤气火，不得用油灯，惟一种灯——亦名人创制者——可用，是人图象已入博物院矣。矿中有衕，高、阔均丈馀，两汽车运煤，陆续并行，旁有小路以供人行。主人导余入二里有馀，才半耳。告以观止，不复请矣。主人乃授锄，命自掘炭掘石，曰携归以志胜游。沿旧路回，复乘盘出，

掘炭携归以志胜游

便道观轮机房及抽水机毕，主人邀往其家，盥手更衣。

别矿东，复往柯罗利家。晚餐罢，柯送余等归，向暝回船。柯罗利曾在中国厦门管理机器，尝告其父母，谓“善哉华人，相待备至”。故其亲见余等，喜曰：“此吾儿所谓仁人君子也。”

仁人君子

十六日　有全家十三人来船观者，皆哑不能言。季北以手技与谈，大悦。命女子持相以赠，云自恨不能言，得君谙此，何幸如之！并送手技法一纸，余收藏之。

查英地哑者，万九千二百三十七人。

十七日　巳刻，偕季北、衡友往观礼拜堂，教长授书数卷。午初起讲，数百人屏息无声。其所读，堂上唱而堂下和之，有音韵，可以谱琴；堂后，时间以丝竹。人执一书，男女杂坐，无拜跪，时或立。有教余读者。

午末散堂回船，晤汤麦士汤木顺（Thomas Thompson）。汤麦士，簪之弟也。因邀同登岸，过其姊家。姊夫曰斋宋特（J. Fenwick），见余大喜，为余琴歌。女曰斋南弥（James Anime），年四岁，善言笑可喜。又汤姊以香袋、杂画及小照送余，乃别。往汤父母家。父母年皆六十馀，精神矍铄，细问余家各事，留余饮酌。至晚，汤送余归。

士女观船络绎不绝

十八日　晨雨，午后晴。士女来船观者日以加，甚有不相识而以物及影相赠者。

二十日　家寄书到，知镜兄于二月初八日赴金陵，瑸侄于初二日赴天津矣。

7,4,20

地方当局请观马戏

是晚，本地府尹延请我军员弁率同勇丁往观马戏，整队登岸，雇公司马车五轴行。沿途观者，肩摩肘掣，拥挤不开，土人各以手挥帽作礼。巡捕护送者二十人，有骑马随车行者。戏场中观者约三千人，戏东尽出奇技以演。除前所见外，其新奇者：六白马分立高凳，一金黄马次第匝穿之，久不乱；又五象分队跪者、立者、啸者，或以鼻钩人，及高而下；最后有轮辘大铁笼出，中蓄六狮，主人入笼与狮戏，狮怒而吼，声震四壁，不伤人也。午夜戏毕，各勇悉到戏场中肃队而出，坐马车归。

二十二日　偕星桥登岸往照相，便道过浪麦（Lomax）家少坐。回船遇汤麦士与斋宋特，邀同往斋父母家。父母年皆六十馀，其父尚健，惟稍病脚，其母弱而多病，然目光犹能针绣。座中女客四五人。其妹二，少者着淡红服，善周旋。问客何好？漫应之曰：好琴。为抚一曲，其姊歌而和之，泠泠动听。曲终起出。移时，携一香诗囊入，题名赠余，其姓宋特名意腻（Annie Fenwick）。余喜谢之。复过汤父家，汤兄弟送余临岸归。

禁人来船

二十三日　挂牌禁人不得来船，本军弁勇亦停假。

二十四日　仍前禁。作寄汤麦士及意腻书。连日考究矿学，作矿说等篇。

矿说

〔矿说〕天地之气生于暖和，杀于枯冷，人物感之，亦随荣悴。浮土成地，中蓄阳气，其酷者成火山，过度焦灼，人物亦毁。得赤带微温，酝酿久之，矿质乃成。石化为玉，沙锻为金，草木腐料，炼成煤炭，晶锡砂汞，百幻其类。各随热度以变，宝藏所以兴也。然则取富于地，奚忧贫？顾亦有难焉者。石坚难凿，土涣易溃，苗线模糊，水源泛突，人工繁重，则得不偿失。非熟讲此道者，未易举办也。愚意晶玉之矿，不如五金；五金之矿，不如煤炭。夫煤炭之出土，不待锻炼，日用所需，销路易畅。惟出水贩售，计程宜近，远则运脚贵而价值昂，判别盈亏，胥于此决也。

采煤说略

〔采煤说略〕取煤之道详矣，今举其略，厥有四端：

探产

一曰探产。煤之生也，由草木朽烂积湿而成。洪荒之世，植物繁茂。历无算年，陵谷变迁，土石移而压之。生者复生，压者复压，遂成层叠，不知几经千万年也。故煤层之上有土石，土石之上复有煤层，自百十尺而千万尺，互相间也。西人以为草木湿料八尺成煤一尺，而根蒂枝叶恒留象于煤中，或分见于土石之内。又山溃谷迁必藉洪涨，故又有水族如蛤蚌类化其中，亦留迹。开矿者见此迹象，知其中之必有煤也。又山形石势、河曲溪流，恒顺煤层之斜直凸凹而往，故高原独辟之蹊，沿水冲波之岸，善观者有取焉。

辨质

一曰辨质。知有煤矣，弗辨其品，恶乎可？夫煤之为类，有硬煤，有软煤，有烟煤，有无烟煤；或黑色，或棕色；或锻作枯煤，可资炼钢，或取其煤气，以代油光。煤饼既融而可用，煤灰以少而逾佳。剖此等差，立分优劣矣。

一曰动工办煤。土法虽克奏功，不能长久。且地必有

7,4,24

水，入地二三丈或四五丈，水必见，故非机器不为功。凿孔必需钢錾，而铁条木杆，或取空心。护井间用铁皮，而木石砖灰，尤资渗漏。得利该以空气止水，卑里经以木劈代钉，相地制宜，会通成法而已。设井以后，用机凡三：曰提煤，曰抽水，曰吸气，三者交相为用，缺一不可者也。设井必度地势，而广狭浅深，随之而变。其煤洞、煤路、煤柱、煤车，尤不可以古法泥也。 办煤非机器不为功

一曰防险。煤洞之中，时虞坍圮，则立柱尚焉。有宜木柱者，有须铁柱者，有其土压力过重，宜加以横板者，究不如留煤作柱之省力。惟立柱时，须为空气地，引新气，推败气，期于人不烦闷而止。洞内防火灯自兑飞以后，又有固兰泥、土波罗、木西各家，互有得失，其间防范章程，不容不讲矣。 防险

二十六日　午后登岸访汤麦士于荡荷（Town Hall）。“荡荷”者，译华文曰“厦屋”，本地官绅议政公所也。汤麦士在其中经理文案各事，因邀余遍观议事各厅，皆中设大座以坐地方官，旁两座坐参议者，周围复环小凳，可容六十人，坐议员也。案上列文具，四壁明洁，多挂名人画像。 市政厅

观毕，汤邀赴其家。晚餐讫，与同访意腻。腻与其姊玛其梨（Marguerite）琴歌数曲，梨赠余影相等物，乃别回船。是夜亥初，水勇袁培福死。

二十七日　午后，往荡荷访汤麦士。是日，英主生辰，荡荷中极热闹，绣错玉石，百物杂陈，斑驳陆离，如 英主生辰

五都市。盖贫家转购以待售，市者善价携去，若作善举。游观者，人与一银钱乃得入。入者皆善男女，无杂人，见中国人来观，咸相敬重。其女子衣着多淡红、竹青等色，华好逾于常妆，咸以鲜花簪余，衣领几满。

华人来观西人咸相敬重

向晚，别汤麦士归，赴帕牵（Parkin）家茶局。浪麦二女曰黠（Kate）、曰鸦力（Alice），及其邻女曰俾鲁（Bella）均在座，余各以影相分赠之。局罢后归。是夜作家书及天津、福州等处友信。

二十八日　雨。在船办公。是夜子初，水勇顾世忠死。

二十九日　晨，葬袁培福，管驾官及弁勇皆临穴送之。地属官山，作石碑一方，书曰“大清故勇某某之墓”，纪时日。

中国水勇葬身异国

三十日　晨，葬顾世忠如培福。袁、顾两墓，紧接为邻。

五月初一日　偕玉斋、平波谒馨倘家（Hinton）。家有老妪，年六十；男三女六，皆和气可爱。隔屋阖顺（Huctson）家两姊妹亦来，姊名莺弥（Anme），妹名鸦梨（Alice）。鸦梨通法国语言文字，兼工刺绣。少顷，有童子弹琴，八女子同舞，停顿步伐，妩媚风流。茶罢，余以影相二纸分赠六女之母及鸦梨，鸦梨亦以影相赠余。乃别，复与玉斋过贡河家（Gomall）。夜回船。

登岸访友互赠影相

初六日　晨，偕琴轩、衡友登岸，遇柯罗利，同坐火轮车往达痕侯家（Durham）。侯名郎笔倘（Lambtom），

7,5,6

前月挈全家出游未归。柯罗利邀其地乡官汤顺(Thomson)，托其带进，坐马车行及其界。

初入园，园二十二里，茂树丛杂，奇花纷飞，夹道草香，接续不绝。约近宅，有河如带，匝环之。下舆，步过桥，沿墙寻门而入。墙内杂花细草数十亩，剪裁布置，匝地成纹，工巧无与比。旁有宏敞厦屋，盖管花人之居也。 侯家花园

管花人者，未叩其名，须发皓矣，精神犹健。自述于花学渊深详博，知何花何性，天气冷暖若干度当孕当发；能创栽新果，曾种葡萄，实长二尺，国主赐圆银印以荣之。相见款叙毕，遂邀遍观诸花。其花备各国嘉种，有玻璃屋十馀所，以铜铁皮管等器调伏汤气。其中各屋挂寒暑表，审其度数，或温和如春，或酷暑如夏，恰如花性与之。群品芬芳，百果时熟，无零落西风之患，盖已夺造化之权矣。顺途过管花人家，曲槛长廊，明窗净几，谓世之富贵人居大都如是，不知乃侯供役人也。出自酿花醅饮客，气味之美，玉露当不是过，虽老大户游遍醉乡，亦啧啧称无出其右者。 玻璃屋

少谈，出门斜道而行，大屋数椽，红墙碧瓦，盖浣衣处。捣机罗张，烘炉炎炽，衣积如山，水漂若瀑。复绕道上岭，周围短城，居然雉堞，下望丛壑，绿聚万松，河流杂之，飘飘乎其登太华三峰、武彝九曲耶？旁门之前有马车道；再过则大门，壮丽之中寓坚朴之意。再过，又旁门，乃入到小外厅，陈设古雅，中几罗列食物，酒瓯、茶盏悉具，所以备不速之客也。 浣衣处

制酒屋

隔壁即制酒屋，闻有客，即携酒到，味美胜于沽。合座饮谈时许，管花人托诸理家老妇大开阖宅各门，从引道入大厅，十扇镜屏，五色地锦，琉璃作瓦，樟梓为椽。金瓯一合，俄王所赐，大盈围，盖侯叔曾为俄使也。

射猎场

厅后一房，射猎流憩之所，千鸟百十色，罩以璃匣，其洋枪子药皆备。缘是所临野最近，乘兴出游，走兔飞鸟，咄嗟立办，足以供不时下酒之需。

藏书楼

左转，藏书楼数间，书数十万卷，金针锦字，罗灿一新。其门背亦作书架储书式，阖扉观之，不知门何处也。

报钟室

又凉室、暖室、蹴鞠室、观书闲坐室、晨餐晚餐室、饮茶酒室。复有报钟室，钟六十馀架，皆通各屋，列明号数，供差者守钟室，视钟响便知何屋唤人，传呼立至。壁间所挂图象多其家人，募名手绘，大如其人。其他陈设之工不殚述。几上有翠石一方，大四尺，阔二尺，剔透玲珑，玛瑙珊瑚为之减色。门壁皆镶裱绸缎，而几席之制从之，以为一色，惟大厅则饰赤金焉。

侯家世代有功于国

乡官云：侯家十馀人，多同出游历各国，在家之日常少，惟园中多禽鸟时始返。侯世袭已十馀代，祖、父、伯、叔，多有功于国。今纽克所作石人高立者，即其叔也，功德巍巍，立以为万民瞻仰。又家之对山，有亭其巅，国君树碑于亭，以志其功也。是年，侯二十馀，未婚。问归期，曰秋后。

制牛乳处及蓄马所

管花人乃邀余等出大门，绕道观制牛乳处及蓄马所。另有高屋数十所，马数十匹，皆有名。云其最佳者侯已携

7,5,6

去，然我非伯乐，不敢谓已空是群也。又储马车处，车十馀架，光明可鉴；备用鞍、鞭、辔、轫另藏二所，净无纤尘。

观毕，前舆已到，别主人而归。同过柯父家，茶罢即行，赴搭火轮车回纽克所。柯别去，余与琴、衡回船。

初八日　午，偕汤麦士赴鸦直（R. Dick）家饮局。鸦直之子名斋直，年十七，善画，家挂山水人物半出手摹，因以一幅赠余。别后，往谒女友意楣无夷罗顺（Amy Wilson）。意楣者，年十六，文秀而多才，能佐其母理家计。其父兄皆业于荡荷，亦与余善。是晚，与意楣欢谈。上灯后别，回船。连日天气渐寒。

女友意楣文秀多才

初九日　偕诸友游立是花园（Leazes Park），复往观生波礼拜堂（St. Paul´s Church）。便道过访玛其梨与意腻，余赠以图章各两块。向暝别归。

初十日　晨雪。是日本地为佳节。

十一日　晴。本地府尹来船拜会。

十三日　晴。英故绅租实提生顺（George Stenphenson）百岁之辰，合国官民为之庆贺。余便道以团扇送斋直后，即往纽克所。见各街竖红竿，结彩旗，民家以花饰户，比屋皆然。时路上人马拥塞，已不可走，绕道往斋宋特行铺。斋之妻子、汤之父母皆在楼上，余亦登楼临窗而观。车马尽饰以五彩，或装以花，千数百辆，联络不绝。近午，迎各色机器及人物等杂戏，又以大幅锦缎绘实提生顺父子之象。盖其子继承父业，造火车飞空之桥

史蒂文森百岁之辰

——即前叙“海琛”过其下者也，功业赫赫，播于民口，今老而犹存，故民亦绘象迎之。其他幅山水等物，亦灿然可观。佐以鼓乐，夹道喧阗。士民不远千里，咸来游观。向晚，过意腻家。晚餐罢，往观焰火焰花。午夜，汤别去，余与玉斋回船。

是日，本地府尹请合部员弁勇丁登岸游观。嗣弁勇等因事不果往，惟丁督操、林管带赴议政院会宴。同席饮者四百人，盖本地员绅、名人、才士尽此矣。酒将阑，以次互相酬答。府尹及阿摩士庄（Sir. W. Armstrong）起祝中国，无非三多九如之颂，及实提生顺作为美泽几遍各国，亦愿中国他日用之，大获其利等语。丁与林亦皆起，林答之云：

同丁汝昌赴议政院会宴

我中国提督与在座诸君致谢，非独谢今日之宴也，盖谓中国员弁勇丁到此以来，受诸公及本地民人之款待为已优矣。但愿英与中国永相和睦，无忘旧好。且实提生顺百年庆寿，我中国官员得附盛筵，何胜荣幸！愿实提生顺子孙世享其泽。夫实提生顺创立火轮车，美利几遍各国。我中国他日用之，大获其利，则中国之幸，亦诸君之幸也。

林泰曾致答谢词

言已，即席数百人为之鼓掌称善。夜罢席归。

按是会比利时国特遣文武官三员赴宴，知实提生顺之名震于各国者，已非一日。然百年一度，中国人到此适逢之，是亦眼福欤！

报纸评论中国官员

十四日　阅本地新闻纸，叙昨日林管带之言甚悉，并云：府尹请弁勇不果来，歉甚；然胜会之间，得中国两员

7,5,15

在座，且中有解英语者，词令之善、音调之纯，诚所罕见，足使胜会生色，诸官绅于此又大快意焉。

十五日　校办快船原立合同等稿，寄汤麦士及意腻书。

十九日　雾。晚偕琴轩赴惟阿利家饮局，益地、汤木顺姊妹在座。又有新到女子，德国人，妙龄敏秀。自出手卷，丐余题中国诗。余随笔书夙构闺思诗一篇，下题名与中国时日送之。女子喜得之，以为宝，请琴轩为翻译一纸附存之。惟阿利，搢绅家也。广厦野居，门前自设打球场。草香塞路，花影绕廊，朴槛岚光，眼界清旷。移凳栏外，观群女打球，坐约时许，心为爽然。连日之游，此为清趣也。 题赠德国女子

夜，酒阑，偕琴轩回船。然余恨未书德国女子之名，且叩而随忘之。又女子以不日回国，订余一再过从，余以道远，竟负其约。此所谓一面之缘者乎？

二十日　天阴，微暖如春。修寄意腻书。午后，偕汤麦士赴鸦直家饮。有老妇牵丝亚（Kinnear）者，年九十六岁，其女六十五岁，女之子三十三岁，女二十六岁，均在座。又有老人意士唐（Eston）者，年七十一岁，其妻五十四岁，亦与席。饮谈颇畅，夜阑归。 高寿老妇

二十三日　巳刻偕玉斋登岸，造汤麦士家，与约同访意楣无夷罗顺。意楣家本纽克所，时因避暑，别赁凉屋，合家移住于夫亦利海滨（Whitley “Sea-side”）。屡信约余过之，因偕汤往。午刻，到纽蒲习站头（New Briage）搭

火轮车，行约三十分钟抵夫亦利。意楣之兄麦取优（Matthew）及兄友麻杨（Mark Young）均在站头迎余，邀往其家。合家见余大喜，备酒肴小酌毕，同往海边闲步。又布坐沙岸，观洪涛起伏，与石为荡，烟舟远过，如小渔艇，飘忽不知其所知。沙上多士女流憩，时有童子浮行波中以为乐。

海滨闲步

闲游时许，复往无夷罗顺家饮茶。茶罢，天阴雨至，即在其家聚谈。意楣年少而娇憨，喜余过从，形于辞色，令人生感，故余不惮远道屡访之。戌正告别，意请于母，愿送余抵站头上车。母诺之，乃与其兄同余行。逾刻抵火车站头，尚早，车未到，复与闲步细谈，谆嘱后晤。噫！良友多情，意其首屈吾指欤！少顷车到，乃别，乘车到纽克所回船。

少年意楣

二十四日　翻译新闻报一则如左：

〔译阿摩士庄炮厂纪略〕阿摩士庄炮厂，属挨苏入地方，临江开设，连亘四里有馀。厂之开自英历一千八百四十七年。其初局面狭窄，未能大有作为，今则厂盛工多，而挨苏入左右坛场，率属其厂中人居宅矣。

阿摩士庄炮厂纪略

按阿摩士庄，父官州同，自己少时学习律法，嗣以学律有成，充副律官之任。然其心谓业律无所长进，因复习格致、重学等艺。曾在魁晒地方遇见抽水机架，即海道力机器，因大悟其运用之法，仿而制之，设诸厂中，而其厂由此大为之生色。

又阿摩士庄能自创新式炮法。闻昨者英与俄战于黑海

7,5,24

人可盟地方，陆路用十八吨之炮，运用转动维艰。阿摩士庄以为炮小用难，必其制法不善，因自往谒纽克所公爵前为兵部侍郎者，剖明自己新制炮法，并请公爵定制后膛新式小炮。其炮既成，工妙精致而又坚固合用，兵部各员见其巧小可观，因名之曰“朴炮”。朴炮者，游戏之炮也。由是奏闻国主，赏其勋劳，赐之男爵。迄今，第一尊样炮犹在厂中，假令知炮者谈之，亦如实提生顺第一架火轮机车，津津乎齿颊矣。近则所铸一百吨之炮，可以人入炮膛作工，试以朴炮置其旁，真渺乎小矣！

后膛炮之发明

观其各厂机器，皆属精妙。炮之初制，成一钢卷。炮之既成，饰以油漆，态度文雅，不似威猛之物，而攻坚摧锐，如此神力，不亦奇哉！虽然，挨苏人厂中制炮是其本业，但以兼造压水力机器、轮船机器并铁浮桥、船坞等事，故近者工程愈盛。前设大烟筒凡三，以不敷用，又添其一。日则炉烟喷墨，夜则火焰冲霄，十馀里外远望之，皆知其厂所在也。且阿摩士庄临港自造压水机器浮桥，故二千吨轮船之大，可以直抵厂前，近泊内港。吾知挨苏人之厂后来利用，正自无穷矣！

炮厂兼造各种机器

二十七日　天晴，与琴轩、衡友订伦敦之游。午正四十五分到生土石站头买来往票，五十分搭火轮车开行。车走如飞，沿途虽有停车，亦只五分钟辄行。未正三十分，抵若河（York），停车最久，人得下车小憩饮茶酒，旋即上车。未正六十分开行，申正三十五分抵柴兰倘（Chamtham），复停四十分钟开行。计车自山下阴穴行者

与友订伦敦之游

凡十所。

戌初十分到伦敦，即雇马车往鸦兰打（Arundel）客寓选定房屋。饭讫，同出闲游，步上临江之桥。桥上五步一凳，七步一树，十步一灯柱。柱皆四五灯，间以电气，光明如昼。从桥头纵观之，桥长径里。灯光星灿，树影云连，江水空明，复与万灯映射。士女夜步，行憩自如，诚乐土也！未及尽桥而返。亥刻，往观跳舞泅水等戏，子正回寓。

伦敦桥

二十八日 天晴，与琴轩商游诸胜。辰初饭罢，往搭火轮车。巳初开行，逾刻抵围亦叨爱（Victorice）。换火轮车复行，逾刻抵水晶宫之旁站头（Crystal Palace）。下车沿阶上，抵外栅门买票而入。旁有空亭，门十二扇，满沿芳草，香气袭人。亭前仰望，惟高楼叠上，琐窗璃户，辉映入云。散步历上诸楼，花草木石、金革丝竹，及各色机器、古玩字画并食用等物，分楼布列，满贮其中，尽明净精妙。中楼设合街货铺及马戏等场。下楼后，绕道登一孤立塔楼，楼计十层，阶共四百级，盘登其顶，一穷千里，有闾阎扑地、舸舰迷津之观。

水晶宫

历旋而下，往观画院（Panoramar）。有守门者，亦购票，乃得入。暗道登楼，楼上画德与法战，法败绩，围城一百三十二日，此画最后日之景象也。周环四壁，玻璃掩映，上遮天篷，圆如华盖，隐约天光，层叠激射。登楼观之，能使东西南北皆有数百里之遥。法国京城及四野历历在目，人马数十万计，战者，败者，行者，立者，倒而垂

巴黎攻守全景图

7,5,28

毙者，开炮者，抛枪者，策马马不行者，骑半坠者，颓垣断瓦，人物仓皇，四起烽烟，天地异色，惊心悚目，此其战场耶？虽离娄之明，不能辨其为画也。立观之处，围圆楼栏，栏外作残破雉堞，堆以真砖瓦，若曾受炮击者，火药烟煤犹存。又有一人立栏外，开讲攻战各缘起。观毕，从旧暗道出，时已未正十二分矣。

即时搭火车开行，五十五分抵围亦叨爱下车，另雇马车行。未正六十分，绕观王城，高壮严整，朴素浑坚。申初五分，过太子宫，并对面刑部牢，然环视其外，不得知其中也。 绕观王城

申初三十分，到万生园（Zoological Garden）。园大里许，疏布树木，中蓄生物，如虎、豹、狮、象、熊、罴、犀、兕、狸、獐及鹤、鹰、孔雀、龟、蛇等物，多不胜数。又有怪状不知名者，各储其类，以畅所生。而购自何地，呼以何名，粘标志之。其最异者，绘其状，系以说，著为书以售，余亦购一卷焉。 动物院

申正三十分，雇马车行，四十五分到蜡人馆（Madam Toussand）。门前如戏园，人马纷繁。馆中不大光亮，多张灯火。以蜡为人，大如之，衣服须发皆真。面色如真，神气欲活，难辨真假，几欲前与致辞焉。所象多大名人，或朝会，或私宴，或两人偶语；立者，坐者，以物授受者，高下其手，左右其目，鼓舞其须眉，无不各得神肖。中国亦有一人列其中，端坐，服官服。横案摊书，书一卷，备华、英字，皆叙其人巅末。又制一妇人卧，笼以 蜡人馆 真假难辨各得神肖

纱，中有吸气，心怦怦然动也。游毕，时酉初三十分，坐车归，六十分到客寓。

看戏

饭讫，往观演戏。戏台前垂杂画布帘，每戏一演毕，辄下帘妆台面也。凡有所演，则厅房门户，镶配皆真；或作野，则台后张大幅山水木石，如远如近，逼似真景；或作月，则朗然晶盘，光射四座，山树映影，烟雾空蒙，真琉璃世界也。

午后，观毕归寓，遇前“建胜”炮船大副卢梨麦等（Rigmaiden），与坐谈。是夜，慧星见。

博物院

二十九日　晨，天微阴。在寓饭讫，同往观博物院。门外多古人石象。入门，兽大数围、鸟高数丈、鱼长二十馀尺者，不一而足。又有古尸古棺，或尸在棺中而棺半开者。又蛇大径尺，蜿蜒盘树，口衔野猪，并树依样购置院中，可骇之甚。其馀极人间之所有，大半有之。出院门左转，大屋数十椽，皆藏书所，中又多石刻古名人象或石棺，悉镌铭。壁间悬木板，粘古文字，多从象形，阅之似不成字而难读。旁人云：“古字无字母拼合之法，欲何说，则拟以绘象。如言人行，则画人，复画足。”英人好古，藏物多数千年以来也。各国有送新物来者，厚币赏之，故物聚于所好，日以弥盛。

太子与凡民同

是日，太子亦来院中游，见之，相致意，其车马衣服与凡民同。

观毕，往游议政院。院门口设刻字馆，有所定议，即刊新闻报颁行，使万姓周知所议何若也。院中多名人画

7,5,29

象。大厅设座，以坐官绅期集议事者。其规制略如荡荷，而壮丽过之。

日暮，复游古教堂，已八百馀年矣，土木残蚀，不复成观，仍留之，加护惜焉。英人好古，大都然也。甫涉大概，而狂雨倾至，觅车归寓。 古教堂

饭讫，整束归装，往搭火轮车。戌初六十分开行；亥初三十分开暝；子正四十五分到若河停车，五十五分开行。丑初三十分，东方已白；丑正五分，天大亮。四十五分到纽克所生土石站头，同雇马车回船。 回纽卡斯尔

按自纽克所达伦敦，计程千里，午末启程，戌初已到，轮车速率，此为最捷。穿行山穴，车必安灯，阴暝如夜，有逾十分钟外者；出穴复去灯。知火车之利用广，而成功亦靡易也。

是行，游侣三人，往返首尾三日，共费资金二十一镑。

西行日记卷下

清理公牍

六月初一日　在船清理公牍。是日，天气清和，如华初夏。接家书及意腻来信。

初二日　偕汤麦士、玉斋、琴轩、湛卿过意腻家。余携装影相簿送其母，并以影相数纸，分赠诸友。意腻家有鹦鹉，善言，其父所弄也，近，屡呼余名矣。欢坐到晚，同归船。

跑马

初三日　午后偕汤麦士往观跑马。马场近立是花园，方围三里许，每跑一周，为时良久。场之旁，杂戏如打秋千、抛球诸玩具兼设之。又有马房，蓄善马，跑者租之。率四五人并跑，衣服鲜明，人轻而马捷，馀无他奇也，然而观者数千人矣。日暮回船。

凭票观船

自是日起，给水勇票，每日凡四十张，准本地四十人来船游观，带票上船，离船仍缴票。至各员诸友来访，着直更者通刺而已。

7,6,5

初五日　搭火轮车往游南界花园，名礼拜学堂者(Sunday School)。未正三十分，车到站头。下车，步渡桥抵园。园宽半里，多旷地，鲜草秀丽，间有茂树。士女游者约五百人，设大壶烹茶。申初，游人皆团坐草上，伺茶者各为前置杯一盘一，次第分与茶糕，饮者每人给一银钱。茶罢各起，男女杂舞。园中游人，无论相识与否，咸集成行，各分四十人为队。离合整散，妙捷无伦，搀以行歌，籁振林木。

男女杂舞妙捷无伦

有父老代余给茶资，并邀观附近一家花园，中蓄生物多种。其最佳者，两房有狗数十，房外空地五尺许关以铁栏。狗闻人声争出，有哮吠者，然壮大而驯，善解人语。主人命之立则立，退则退，命入房则相率而藏诸房内。主人乃开栏邀客入观，一一指示，皆有名，云其大者购价六十镑，小者亦二三十镑不等。

狗壮大而善解人语

观毕，复到园小憩。抵暮酉正，有摇钟者并抬大旗一幅，童子自后执十数小旗从而徐行出园；游人咸趋随之。园为空焉，谓之净园。年例如是集，如是散也。茶东费资二十镑，取赢殆半之。盖英人最讲吸取空气，际此盛夏，恒停工遨游，散步旷野，或移居海滨，以消炎暑。是日天阴，时有小雨，息于茂树，无损游兴。

英人最讲吸取空气

戌初，搭火轮车回船，接意榍书。

初七日　天晴。未初，汤麦士来船邀同往意榍家。余赠意以扇，群坐畅谈。晚餐后，同步往可罗可士。是夜，宿汤麦士家，汤索余中国诗，余口占书赠之。

初八日　天阴。早餐讫，与汤出步海边，坐沙上。适意楣自夫亦利来，亦席地坐谈，少时别去。

余归汤家午餐罢，复出步他人茅（Tyenmouth）等处。他人茅，译言港口也，由纽克所往，路计十英里；若水路行，则小轮舟来往作渡，约一点半钟一遭。又岸边炮台颇壮丽，中亦阿摩士庄大炮。

女友扉儿自命达人

游毕，日已斜，回汤家晤女友扉儿（Pearse）及其妹，与倾谈，颇畅洽。扉儿，女学堂教习也，性格洒脱，自命达人。家有母与姊居海滨，扉儿自往纽克所教学，惟礼拜亦来闲游。余晤之者数矣，与余订友自此始。戌正，送之归家。余是夜复宿汤家，与连床夜话。

按是日同游者：麦取优、意楣、麻杨及其两妹、扉儿姊妹及汤友成窥利亚（Sinclaer），皆少年，健步行止谈笑，各从天籁，信可乐也。又相述各国风俗。

英俗

英俗男女相友，意有所合，男先致书于女，愿订婚，女否则已；女然之，乃各达于父母，事罔不谐。订婚后，友如常。将完娶，请于父母，乃定期。及期，盛妆同往礼拜堂，牧师为陈夫和妇顺之道，两人敬拜受讫，男以指环约女指，乃邀归。其妻在而再娶者，狱二十年。然男女无不自便，故百姓自名其国曰乐国，他国所不及也。

华俗

余告以华俗，男女不授受，不交不亲；非有行媒，不相知名。曰："拘哉！郁郁其不乐。"问婚嫁，告以父母定之，未及期，不相见也。曰："如其不相得，奈何？"曰："父母之命，不敢不相得。"又告以娶妾之事，甚者

7,6,10

两三，诸友乃大笑曰：“异哉！天下有是事乎？”

初十日　天炎热，偕玉斋、琴轩、衡友过医生币地（Bade）家。币曾赴中华、日本、印度等国，家中多各处山水图画人物。又一小厅事，专储日本古玩，陈设一新。币为人性和，好自述，乐远游，遍探奇胜。与华使郭侍郎嵩焘善，藏有郭影相及其字迹。坐谈良久，告别。过益地家，后同往客寓晚餐。有本地绅家子来坐谈，代给酒资，却之弗获。午夜别，回船。 郭嵩焘影相及字迹

按数日以内，渐有无票上船者。是日，有颠妇人到船。以后复禁本地人不得上船，停止给水勇等号票矣。

十一日　雨。寄家书，又作信寄意楣。晚，雨未歇，天冷如秋。玉斋画牡丹、梅纸扇，送玛其梨及意腻，余为题诗。

十二日　午后登岸，购得诗本，以备诸英友题咏。便道过意腻家，坐谈至亥刻回船。

十三日　偕玉斋赴鸦直家饮局。夜归船，接意腻书。

十五日　午后，偕玉斋过麦取优家。意楣赠余书签，绣文曰“Remember Me”云云，谓记我也。 Remember Me

十七日　午后，偕玉斋过卢落保阿摩士庄（Robart Armstrong）家，坐谈少顷。回船接意腻书，并画具一箱赠余。晚，意楣亦寄书到。

十九日　天晴，暖如闽中仲夏。是晨，“扬威”试轮。 “扬威”试轮

二十日　“超勇”试轮。

二十一日　寄意腻书。午后，偕季北往可罗可士造卢

立雀家。卢出书一卷命题。书中刻板印字，皆有所问，约十馀条，递页相同，每条空其下以备答者书之。坐谈时许，卢之女曰论贰（Lonie）者，赠余影相，乃别。季亦他适。余独赴汤麦士家。时汤病乍愈，闲往海滨调气。乃同出访意楣，又同意楣访扉儿。相与游于沙涯，布坐聚谈，各畅所述，间有戏谑，亦不为虐。日向暝，言别，诸友恋恋有下泪者，皆远送余上车乃去。亥刻回船。

诸友恋恋有下泪者

二十三日　与诸友约游荷利无夷罗亭（Holywell Dene）。巳初四十五分，由纽蒲习站头搭火轮车开行，巳正十分到芙亦利。时汤麦士、麦取优及意楣、扉儿、截笋（Jackson）均在站头迎余。有顷，意之父母亦来。因同行，沿山隙田间而往。瀑布激声，丛林流翠。逾两刻，到荷利无夷罗亭。四围山树，杂以流泉，中间场浅草布绿，列憩其上，团坐游谈。诸友均自带茶糕，又路旁有茶馆，时入小酌。是日也，天气晴和，少长咸集，各举童戏，互为驰逐，放浪形骸，可以饮八斗而醉二参矣。日暮，同步往芙亦利，别诸友而归。

二十五日　偕玉斋过宋特家。余自携中国笔墨，书端楷两幅，分赠玛其梨及意腻。是晚，腻自往山园，采名花数十朵，赠余携归。

诸友题诗送画

二十六日　午后，汤麦士来船，携自画镜送余。因同登岸，过宋特家。余出诗卷，诸友为题诗讫。午夜告归，汤及玛其梨、意腻闲步送余到挨苏入。临岸，薄风吹露，嫩寒袭衾。彼其之子，实获我心，如汤、宋诸友，余不能

7,6,27

忘情矣。握手言别，子正回。是日，寄家书。

二十七日　未刻偕玉斋及玛其梨、意腻出游，乘马车驰往则树盟亭（Jesmend Dene）。少顷到，下车抵门摇钟，有少女出高廊，机器一摇，门自开，人入复合。渐入径，丛绿扑人。复上高岭，道旁长桥飞渡如虹。自岭而下，更入佳境，涧咽流水，树乱鸟声，中用机器灌各处花。山下有复道通到街衢，以备外人来游，是为公路。然不得通上层山径，可以阻闲杂人不入山门。山中沿途设木凳，间多士女携书坐静读者。余于万绿丛中，时坐时行，约里许，远望阿摩士庄之家，隐约可见。以天将暝，不能尽游，乃寻旧路出山门，亦转机开合如初。雇车送宋特姊妹到家，晚餐讫，与玉别回，子刻到船。 花园管理机械化

二十九日　本地礼拜。巳初，偕玉斋赴汤麦士家。汤之兄名租士（Jose）者完娶。租士前亦天津炮船管轮，与余友善。余贺以丝带，玉贺以绸巾。午餐后，余出诗卷，请新娘随笔。新娘乃作致余信一，登于卷内，谆谢贺物，并述从夫新名，第一次书余诗卷也。其母又以新婚糕装小匣，嘱余宝藏之，曰座客皆得此，以为瑞物。 送丝绸贺友人新婚

少顷茶罢，告辞诸客，与玉、汤赴芙亦利。时意榻已在码头候余，因邀往扉儿家。少坐，雨来；待晴，已戌正矣。赴意榻家晚餐，麻杨及新到女客沙明膛（Symington）均在座。席罢，与玉回船。

三十日　魏季渚（瀚）来游。季渚在英国希述易（Sheffield）监造新购兵船“铁胁”，坐火轮车来纽克所约 希述易（谢菲尔德）

四点钟之遥。夜偕诸友与季渚杂谈。

相簿洋伞分送英友

七月初一日　天晴，购装影相簿、洋伞等物分送英友。午后，晤奢勒宋特（Charles Fenwick）。奢勒者，意腻之兄也，始自法国归，亦与余善。是夜，偕季北、季渚造浪麦家坐谈。

初二日　玛其梨、意腻来，邀余登岸，同步往观纽克所博亚学堂（Board School）。先生名簿溪来（Birkley），总教习也。又女总教习一人，其馀分教习数十人。生徒都一千四百二十人，是日在假者五百人，在堂者九百二十人。盖学生来馆，先往号房登号，故可考而知也。房屋数十所，每所一教习，教数十生徒。或女弟子，则女教习教之。

博亚学堂

又另一大厅，坐百馀人，皆最幼男女童，或读书，或习刺绣。女总教习邀余观，分教者数人，按部督率。宣令立则皆立，举手皆举手，合掌皆合掌。令严如行军，不如法者引去。又宣令唱，女教习先唱，百徒和之，声如金石。歌毕，余谨前赞谢之。

又引观各房分教之所，间有地图，绘事不一，各尽教学之妙。观毕，主人邀余过阅售书室，乃别。

送两友回家。晤奢勒，赠余以自画家门一幅。帘影草色，曲槛疏栏，逼极神肖。每披阅之，未尝不神往也。夜归船，接扉儿来书，并缄送生辰簿一卷。

初三日　晨，季渚别回希述易。午后，余偕鸦直往观斗花会。会设于立是花园，花果草木百种购集其中。然花以玫瑰为胜，果以葡萄为胜。观毕雨来，少顷微晴，复往

7,7,4

观鼓乐杂戏。后到直家，直赠余士他林（Stirling）地图一幅，直生处也。携归船。

初四日　晨，伦敦陈参赞松生（济远）、翻译官左子兴（秉隆）来观新船。 驻伦敦参赞来

午后，余登岸赴宋特家。玛其梨、意腻自带干食、千里镜等具，偕余到纽葡习码头，于未初二十分搭火轮车起行。凡过一站头、穿行一山穴停轮，十二站头换车一次，计路三十七英里半。未正六十分钟到鸦日克所（Alnwick Castle），下车步往观侯家。先抵外城，城上疏布石人；城古，皆千年石。门常合，守城者开门进，余先往账房领执照，乃得入抵其家。门皆樟梓杞楠，壁皆金石锦绣，华美无伦。其各屋几凳绸缎，亦照门壁配色。伺园者又邀观园，名花异草，在四围山色之中，亦多玻璃屋养花之所。云侯合家赴游伦敦，数日始返。其石城数重，石壁百色，及家园、马屋等处，大抵较郎笔倘略相似，而华富过之。英国主盖常驻其家云。 Alnwick古堡

观毕，缴照出城，便过英友鸦取薄知（Arckhold）家晚餐罢，戌初十五分钟搭火轮车开行，亦换车如前。亥正十五分到纽克所，送玛、意到家后回船。

初五日　午后，与鸦直同赴牵丝亚家饮局。余出生辰簿登诸友名，其九十六岁妇人亦登名焉。余又以诗卷留其家，请诸友题。晚，回船，修寄汤麦士书。 生辰簿

初七日　未初，到纽蒲习站头。少顷，玛其梨、意腻亦到，遂同搭火轮车抵可罗可士。时宋特父母避暑于海滨

汤麦士家，余盖往与辞行也。相见，匆匆告别。其母年七十馀，不能行，扶杖强步送余，为余流涕。适斋南弥母女亦在座，母剪斋南弥发赠余。斋南弥才四岁，然亦知惜别。余串华钱与之，乃各辞去。便道过无夷罗顺家辞行，值其合家外出不遇，怅甚，留字焉。复过辞扉儿，扉儿亦不在家，与其亲及妹告行后即出门。偕玛、意赴他人茅搭火轮车回纽克所，送两人回家，余自归船。

往诸友家辞行

是日，购得袁、顾两墓影本。

初八日　员弁勇丁第一班赴“超勇”快船，第二班赴“扬威”快船。按新快船桅系两枝，无横杆，船身长二百二十英尺，阔三十一英尺九寸。后膛大炮两尊，分配船首尾，计重各二十五吨；中号炮四尊，配弹子各重四十磅；小号炮两尊，配弹子各重九磅；格林炮四尊；新式响糯（Nordenfelt）等飞炮二尊：计除洋枪、手枪外，大小钢炮共十有四尊。皆轻灵妙捷，可应手左右转。小轮船两只，电气灯一盏。船吃水十四尺，装满煤可十五尺。轮机水缸及轮胁皆双副。马力约一百五十匹。

新船装备及其性能

督操、总教习均驻“超勇”。船上所雇洋人除意淡顺、拍可外，每船复添招管轮五人、管炮一人。又医生两人，乃海关税司所请，亦分搭两船赴华。

是夜，驻英公使曾侯劼刚（纪泽）自伦敦来，住客寓。

初九日　曾侯来船挂立龙旗，开船试洋，抵海港口演放大炮。计快船每点钟尽力可行十四海里，每昼夜烧煤四十五吨；若每点只行十二海里，则昼夜烧煤二十八吨；若

曾纪泽来开船试洋

7,7,9

行八海里，则用煤十八吨而已。午后，船回泊查潞实勒(Jarow Slake)。

向晚，余登岸往视袁培福、顾世忠之墓。土山一座，皆墓丛也。然山门以内，夹道芳草，联络不断。诸墓皆有碑，墓上多栽花，或置杯盘及玩物等，错落散布。袁、顾两墓相去盈尺，余周视良久，为之慨然。本地游人渐集十馀，问余栽花乎？或持何物以留识乎？十年后依然也。余谢以未知备带，怅不克如言。乃出山门，造宋特家，为述阅墓事。玛其梨许余，他日过袁、顾墓，为栽花。盖英俗，礼拜日士女多往墓上栽花，善举也。余在宋特家晚餐罢，归船接意楣书，并缄花寄至，又其母附书，订余一往辞行。 亡友之墓

初十日　天晴，热如夏。船上尚有人作诸零工。

十二日　玛其梨、意腻同搭小轮舟来查潞观船。到船茶罢，邀诸友见之，聚谈良久。观船讫，送之登岸，复搭小轮舟回纽克所。途遇汤麦士，与同送玛、意回家，坐谈至夜深告别。黯然魂销，不忍长辞，订一再见而已。与汤同出，步抵汤家，汤留余宿焉。 船上聚谈

是日，玛、意寄致饯品送余。间有意腻自制香糕，罩以雪糖作船名及余名，冠以吉祥语。又知余家有母，自制食物一瓶，书送慈亲，嘱余转奉。闻者犹感之，况余身受者乎！

十三日　在汤家早餐。辰正同搭火车赴芙亦利，抵无夷罗顺家。少顷，午饭罢，扉儿亦来，相与笑谈，至晚告 送别

别。意楣及诸友送余行抵他人茅。歧路沾巾，在所不免，惟嘱于其生辰日作信邮寄要事也。余与汤麦士搭小轮舟开行，诸人守立渡头，至不可望，乃去。逾刻抵查潞，汤别去，余回船。

计余到英以来，如汤麦士、意楣、玛其梨、意腻诸人，谊订友朋，情同兄弟。远客风土，诸所不习，而其关护之处，无微不至。匆匆一别，再晤何期。未免有情，谁能遣此矣！

英国工业发展迅速

是日在查潞，有父老告余曰，英人数十年前不知机器，又何有于火轮舟、火轮车？今则绕江数百十厂，何其盛也！且自苏彝开河而万国和会，溯诸亘古今之时，其最隆乎？

本地府尹饯物送行

十四日　船上诸工作皆已报竣，粮食、煤、水装储均备。午刻，本地府尹来送行，并送饯物致丁督操、林管带。又制轮机人何逊（Howthorn）奉送丁、林诸色机器照本各一册，工致清亮，阅之爽目，可宝也。午后，汤麦士、麦取优来送行，并致饯物。向晚，接意楣、玛其梨、意腻书。是夜，丁提督赴伦敦，拟往扉利茅（Plymouth）上船。

出港

十五日　天气晴明，微有风。未初开船，由纽克所港道出他人茅。追想旧游，不胜离思。是后，船昼夜行，每一分钟轮九十转，每一点钟约行十二海里。

十六日　天晴，舟行沿途有山有灯楼。

十七日　申初，船抵扉利茅抛锚。“扬威”行稍缓，

7,7,17

少顷亦到。即时，丁提督回船。向晚，接玛其梨、意腻来书。

十八日　晨，我船挂英旗，升炮二十一响，贺英国主。是地炮台亦升挂龙旗，答炮如数。嗣“扬威”复升炮十七响贺其提督，彼亦照答。午后，凯士往拜英船提督及船主等，皆其旧友。向晚，纽克所官绅送到公文一纸以送行。约说中国弁兵，至为良善，在英许久，与本地绅民极相得，此去各有恋恋之意焉。 英旗龙旗礼炮互贺

十九日　船上修整零物。午后，英提督来看船。向晚，接汤麦士书。作书寄答诸友。 英提督来看船

二十日　葛总教习革去洋人拍可，请得卢梨麦登补其缺，即前余与琴轩在伦敦所遇者也。

二十一日　驻英参赞凤夔、九仪来看船。午后，汤麦士、意楣、玛其梨、意腻皆寄书到。婉转情词，令人不忍卒读。余即时各作数行答之。又，意楣缄寄街印时曲一纸，皆道中国人初去，本地百姓追思之辞。是夜，登船楼眺望，沿岸万盏灯光，与明星上下。港口红灯一盏尤亮，船出入经行港道也。

二十二日　天微雨。船上修整已竣，储粮食煤水，以备开行。午后，作书寄意楣。是夜，季北调赴“扬威”。

二十三日　天晴，微有风。寅初开船，“扬威”随后，相隔不远。以后，船皆昼夜行。为省煤故，每点钟只行八海里。夜阑，咏诗怀诸英友。 开船回国

二十四日　天晴。以后舟行洋面，水勇人等按日操作 出英国海

如常。是日出英国海。

二十五日　经被卑士地。下午微雾，过葡萄牙界。

未见“扬威”随行

二十六日　天晴。见山，过西班牙界。夜，远山皆有灯楼，时隐时见。是日，因未见“扬威”随行，遇货船，升旗问其曾见中国船否，曰未也，问其何往，彼船亦往中国者。

二十七日　仍未离西班牙界。海涯多炮台及灯楼。午后，有炮台升旗问我船何往，答以归华；问驻华之何所，答以天津。连日洋面天气渐暖，如华之仲夏，夜则星辉满天。

出大西洋入地中海

二十八日　辰刻，出大西洋，抵缉蒲劳他。自港口渡过之，环望山前后，形势奇兀。是日天晴，热如盛夏。夜微雾，入行地中海。

二十九日　天热如昨。沿海皆山，亚非利亚各国界也。

三十日　晨，过鸦罗斋（Alger）。天仍热，寒暑表九十度。夜，船右二十海里之遥有山，火焰直起，望而知为屋宇延烧也。

闰七月初一日　天稍清和，微有风。是夜复热。

“扬威”来并行

初二日　寅正，“扬威”来并行矣。午后，驶相近，升旗答话云炮首洋人柯落病重。是日天又酷热。

过冒他（马耳他）

初三日　晨，升旗问“扬威”炮首愈否，曰病加重。午过冒他。

是后舟行稍速，每点钟九海里。

7,闰7,5

初五日　天酷热。寅刻，余病渴。起坐，复步登船楼吸海上清气，心颇畅快。是日晨犹见“扬威”，嗣以行速，“扬威”瞠后。

初七日　酉，望见坡是港口。灯楼机转，电气光每四秒一见。戌初渐近外港，停轮待引港来船后，复开行。戌正到港内抛锚。沿岸灯光明灿。是夜，以船由扉利茅来未领保安执照，本地因勒挂黄旗，禁船，岸人不得来往。有引港者一人业已来船，亦被拘留船上宿焉。

无保安执照船被扣

初八日　本地医生来船细验，讫实无疫症，立即开禁。苏彝士河中人来量船，并量大炮，计两船应费二千四百元。立票画押讫，其人乃去，即有土耳旗管带来拜会。午后，装煤水讫，接“扬威”寄来电报云，其船煤水已罄，未克到港，在离鸦罗山打（Alexandrea）八十海里洋面下锚。我船是晚赶即展轮出港，前往救援。夜，舟行，月色清霁。

往救“扬威”

初九日　午刻过鸦罗山打码头。申初，于洋面见“扬威”，乃驶近下锚。洋员章斯敦由“扬威”来云，洋炮首柯落已于船过冒他以后死矣。是夜，盘运煤水、粮食与“扬威”。

洋炮首病故

初十日　午刻开行。

十一日　午刻到坡是。

十四日　登岸游。

十六日　寅正开船入河，午刻停轮系泊让行，如前次“海琛”之来。又时有水果小舟依随以行，其果有白葡萄，气味绝佳。是夜，停泊河中。

船轮叶损坏不能行

十七日　巳刻出河下锚。接“扬威”电报云，轮叶已坏，船停河中不能行。

十八日　未初，河中轮舟拖“扬威”出河，逾时入坞修理。坞亦河主人所设也。

二十一日　“扬威”修竣出坞，添装煤粮备开行。申正展轮，“扬威”随后亦行。顺风，船走十海里。以后皆昼夜行。

舟行红海

二十二日　天晴。舟行红海洋面，有坏船半浸于水。

二十三日　天热甚，时有海鸟绕船飞。

二十七日　大热，寒暑表九十三度。行坐无所，挥汗如雨矣。酉初，洋面有山。连日“扬威”紧随，时有升旗问答。

二十八日　出红海门。两边皆山，山有灯楼、炮台，亚丁人所设也。升旗查“扬威”，尚馀煤二百五十吨。船遂拟不入亚丁，直抵锡兰（Ceylon）。午刻过亚丁口，行入印度洋，微有风，天渐减热。向晚，与丁提督披阅地图。丁提督赠余地球分部详图一卷。是夜，船上以灯号与“扬威”答话。

丁汝昌赠地图一卷

二十九日　午后大风浪，酉刻风浪未息。余独坐炮台，四望苍茫，渺无涯涘，惟见天为水动而已。

八月初一日　仍大风浪。

初三日　风稍定，天不甚热。晚有飞鱼，大如鲫而身圆，两翼能开合如蝉，百十成群。飞上船，各勇取烹，以

7,8,5

进余。尝其味尚甘美，但不甚清脆耳。

初五日　巳初，“扬威”机器微坏，停轮修理，升旗报知本船，即亦停轮待之。午初开船。以后快轮昼夜行。 “扬威”时出故障

初六日　天气清和。午后经迈乃柯岛（Minikal）。是夜月色清霁。

初七日　犹行印度洋。按印度西临红海，东接新嘉坡，南抵南冰洋，北入则西藏。天竺恒河，佛界也。是夜与诸友谈佛。

初八日　午刻到锡兰。天炎热，时有过云之雨。锡兰本五印度之一岛，今为英所得，故属英。其岸坐北向南，沿海茂树连青里许。小舟阔二尺，长二丈，大其底而仄其面，旁有横木，离舟五六尺用两直木系之，以为护舟使不倾侧也。土人奇黑，装束约如新嘉坡，多以红花布围身，剃发而缠头。善水行，好食槟榔及烟叶。商贾多学英语。所用钱法鹰番、金镑、银士林、铜边呢皆可通行。土产甘蔗、芭蕉果、棕树，又多鹦鹉。有携来船求售者。是夜在舱面步月，沿岸丛树，时透灯光。少顷雨，少顷复晴。 锡兰

初九日　阴晴不定。船装煤水。

按此地特外岛耳，荒野傍岸，人家稀少。惟各公司之船皆到此驳换，故间有洋屋、洋铺数间。中国亦有广东人三，开一小铺。由口岸入十馀里有庙，入二十馀里有乡村，颇热闹。俗以棕树为短棒，行人多执之。地近天竺，故君民好佛，多以贝叶写经，书用铁笔；经中皆其本国字，不可辨读。余见而奇爱之。湛卿购得没字贝叶数十 广东人在此开小铺 贝叶经

张，以四叶遗余。

“超勇”水缸舱失火

初十日　天晴。午刻开舟出港，“扬威”随后亦行。用快轮每点钟行十二海里。夜，亥刻水缸舱失火，时即停轮，以水龙扑灭，不为害，然一时受惊不少矣。少顷开船。以后船昼夜行。

十一日　船行快轮。水勇烹飞鱼者以翼进余，余留而封藏之。

十三日　时晴时雨。酉初见苏门答剌之岛。

十四日　天阴微雨。海上多流大木，有鸟群立，远望如小舟。又有大鱼及鼋龟浮行。午过查剌之岛。

十五日　午后过马六呷界。沿岸皆山，山外浅洲浓树数千万株，闻其间多猛兽。再过，树尽有民村，殊热闹，亦有灯楼。是夜，同舟诸友宴饮赏月。

中秋节宴饮赏月

十六日　大雨。卯刻抵新嘉坡，系泊码头，去市较远。辰刻，“扬威”开出，下锚江中，升炮庆贺英国，彼亦答炮如数。巳刻，国领事左子兴来船，即前伦敦翻译官也。少顷，帮办苏玉泉亦到，即前代理领事者。午后，雨加甚。向晚，左子兴设筵领事府邀请诸友。夜接意楣及汤麦士由英来书。

十七日　英总督来看船。午后，曾锦文来访。

十八日　天晴。寅正开船，用快轮。以后舟昼夜行。是日巳刻，见有灯塔在水中石礁上，海涯亦有远山。酉初，船右洋面又见两礁。

入行中国海矣

二十日　午后过西贡界，入行中国海矣。

7,8,22

二十二日　天晴，微有风浪。午后暴雨，逾刻晴。

二十三日　晨过安南界，风稍定。巳刻，洋面见捕鱼船一只。未初，暴雨少顷即晴。未正，见香港外口浮岛。洋面时有大木漂流，又有坏篷船半浮于水。逾刻，见有木排，上坐六人，随水漂流而来。我船即停轮，放舢板往，拯救到船，给食更衣，医生为之调治。查系香港捕鱼船，船户黎姓。船之大可装货六百担，本月二十一日在港外洋面蚊州尾遇风打破，船壳已漂流，船上男女失去十七人。惟黎等六人得抱木排随水漂流，遇救存活。　搭救香港遇难渔民

有顷，我船复开行，望浮岛愈近矣。申初，见岛上有人以衣乱舞，作呼援状。我船复停轮，驾舢板往救。有四人在山，携之回。查系捕鱼船户，其一名黄芝华，因于二十二晚遭风扛船上岸，船上失去七人，只馀三人；其一船户张就得，与芝华同日遭风，船上失去二十四人，仅存就得一人而已。本日所救三号船户，皆住家于船，生长水乡，而又贫困无聊，冒风出而捕鱼，故罹于难。

按历年八月二十、二十一、二十二等日皆暴风之期，出行人当慎之。余前在福州艺新兵船，遇有风后必开舟出巡，多所拯救，此处竟无是例。有心民瘼者，不可不察也。

酉正开行，戌初见香港灯塔矣。亥初在灯塔山前下锚。“扬威”行稍缓，是晚未到。　泊香港

二十四日　天气清凉。辰初，“扬威”亦到。巳刻，驾小轮船入香港招商局取李傅相公文。奉谕：便道过广　奉谕

州、福州。午后，引港人来船后，申正开船入广。沿途万山重叠，路穷而后通。夜，子正下锚江中。是日接得家书两封。

二十五日　清早开船。沿途山明水秀。巳初到大石（地名），“扬威”搁浅。按粤江自香港至广城，约缓轮行八点钟之遥，水路数十湾，沿岸皆山，草木茂美。此处因前林文忠公防海，港中多填巨石，惟岸边一港，轮舟可以来往，树有木桩三根，船必依桩以行。然大舟必趁潮乃得过。“扬威”因乘潮不及，船头微搁浅洲。我船即下锚相候。夜，子正水涨，“扬威”船浮行，退出深港下锚。

林则徐曾防海于此

二十六日　巳刻开船，午刻到城外江口下锚。余于午后登岸，遍穿兴隆、太平、桨栏各街。晚回船。

二十七日　巳刻，两广督张公振轩（树声）来观船，合城文武司道中军以下皆从之。张制军备带猪鹅鸡鸭、酒席水果等物犒赏合军，午刻乃去。

两广总督犒赏合军

饭讫，余偕凯士、雨臣、衡友登岸，肩舆入城，往丹桂里抵林访西观察（贺峒）、刘子谌大令（忱）公寓，适林、刘均外出。晤叶敷恭太史（大道）及同乡八九人，少谈即别。同往觞咏园小酌。戌初，到岸边雇小舟，沿江泛游。江岸多泊花船，修饰清丽，珠娘荡桨，往来如织。亥正，访西、子谌来，坐谈至子刻别去。

二十八日　辰初开船。按自香港入广城，水路屈曲，皆右转；若由内河往香港，则沿路皆左转而出也。酉初，抵香港抛锚。是日天气稍热。夜复接天津电信，令船不必

7,8,29

闽广之行，恐封河在即，赴津太迟也。是船遂拟不入福州，直抵上海矣。

二十九日　英兵船挂立龙旗，升炮十七响，贺中国。我船立挂英旗，答礼如数。下午作寄宋特姊妹书。 作书寄英友人

九月初一日　寒暑表八十度。

初二日　午后开船。适“扬威”兵船到港，时快船已起锚行矣。是日天微阴，略有风。以后船昼夜行。

初三日　晨过南澳界，午过汕头界，大风浪。亥刻见厦门灯塔，子刻入厦门港抛锚。港口如门，山上民居洋楼颇稠密。 过厦门

初四日　晨，开船出厦门口，风浪大作。午刻在寥遥下锚。午后，风浪愈狂，至夜不歇。

初五日　晨，风略定，开船。是夜复大风浪，泊湄州。

初六日　冒风开行，夜泊海坛观音澳下锚。

初七日　阻风未行。

初八日　开船出海坛洋面，过牛山，巳刻过白犬山，未刻过妈祖界，未末过笔架山，申初过大小嵛山。夜过南关，月明仍行。

初九日　寅过台州，午入宁波，申过茶山，酉过灯船。

初十日　辰到上海下锚。是后连日同林凯士及洋员葛雷森、章士敦在亚十客寓作出洋用款报销；夜则赴诸友饮局。 抵上海

二十二日　由上海开行。

二十七日　抵天津大沽。

到天津李鸿章验收

十月初一日　李傅相到大沽验收"超勇"、"扬威"两快船，乘坐开行试洋，抵旅顺口，经宿回津。奏奖出洋各员弁，以酬西行之劳焉。

连日诸友讲求海军规制，余因作海军议十策，以为是篇行记之殿幅。

七省海军议

水战日竞海军日兴

通商以来，水战日竞而海军以兴。泰西各国靡不日增船炮，以图自强。中国设立船政，制造木艘，购买铁舰，迄数十年而尚不能收一战之功者，则以事无定章，权不专属，沿海七省，不能一气相通之故也。如能联络七省，以为海军，章程有定，呼应自灵。无事各守封疆，有事互相救援。力虽单，合之则厚；器虽少，集之则多。海军根本之固，于是乎在。然其中得失利弊，非口笔所能尽也。略就鄙见，分为十策，缕析陈之。

专事权

一曰专事权。中国平日海上防务，分为四大支，曰北洋，曰南洋，曰闽，曰广。各支自为节制，任用人材、发施号令，各有不同，声气亦未联络，甚至一处有事，他处坐视，其何以共济艰难？论者谓甲申马江之役，失救援也。使平时呼召灵通，四支之军不相间隔，电音一达，策应即来，则以闽江天险之港，一断其后，便不得出，法人敢弄兵其中耶？窃见西国海军，数百号之兵舰，一提督得电召之，是合数百舰为一军，其为势岂不旺哉？故谋今日之事，惟有通力合作，最为上策。有总理之大臣通筹七省大局，更以襄办者时巡七省以密稽查，再设四提督分部四大支，各成一队以守其海口，而仍禀命于大臣。得其号令，授于营务处管带各员，随时亲考其行事，则七省之章程划一而号召灵通，一朝有警，静听电音，刻呼刻应，以相救援，乃为有制之师。

一曰储人材。海师与陆师不同，轮船海师尤与桨船水师不同。夫轮船之演阵也，两船相距，常在五六十丈以外；大炮之打靶也，子弹所及，常至七八百丈之遥。此非素熟测量，不能妄规准则。至于驾驶之天文，枪炮之操法，鱼雷、水雷之运用，罗经、帆缆之推迁，非由水师学堂出身，则茫然不知其涯涘。自来福州船政学堂、天津水师练船学堂，所出人材，均有可采，然以供海军之选，则管带、教习尚不敷用，而帮带以下无论矣。目前师船尚少，已不敷用，以后添船添炮可知矣。历届各处所用，多参以旧日营官，或舵工水勇所升，不特洋务未谙，即华字有概不认识者，授以章程而不能读，又何解于测量乎？是宜于各省添设学堂，照天津、福州成案办理，选徒练习。艺成之后，另以练船载往各海口涉历风涛，再择其资质之美者前往西洋，详习兵船、炮台、学堂、议院、电局、炮厂等事，以增长识见。回华之后，可由管带而督操而营务处而分统而统领，其设施必有卓越寻常者，是不可不急思

储人材

添设学堂选徒练习

所以养之也。

若夫水勇一道，可以练补，不可以招充。须有练船屯船，招年力精壮之民，入为三等练勇；练有进境，升为二等；复有进境，升为一等。然后以一等练勇，调补各兵船三等水勇之缺，皆由统领派员遴选，不由管带私招。故平时无滥竽之兵，临阵无逃走之勇，更能以大义晓之，庶乎可以百战。若于管带接任之时，听其升退募补，平日乞情以补额，临时怯战而逃生，贻误大局，复岂浅鲜！四支海军之处，皆宜设立练勇屯船以练水勇，庶几可以供将帅之驱使，而亦培养人材之要著也。

制船炮

一曰制船炮。天下之物，制诸己者恒易，购诸人者恒难；制诸己者多良，购诸人者多楛。况在军械一节，值海疆有事之秋，公法禁不得买卖，则彼得随时添制以困我，而我之船炮随损随减，将何以继其后而为持久之谋乎？虽铁胁木船及洋枪、格林、糯等飞各炮，水雷、弹子、火药各种，自能仿造，而十八吨、二十五吨、三十六吨各大炮无不购自外洋，未曾设厂自制。此皆眼前防海之要需，而岂容恃诸外购乎？

自制军械防海要需

昨者观于英国阿摩士庄之厂。阿摩士庄者，制炮之名家也。其厂三十馀所，铁流如涌泉，倾模而成炮，其法以数节衔接而成一尊。细揣其理，较诸制船较易。苟仿其厂所，购其机器，雇其良匠，习而成之，数年之后，我之自制必有远胜于购者。必至甲舰亦能自造，则有事之日，方不受制于人。

一曰备煤粮。行军之道，以食为先，而轮船水师，煤实与粮并重。平时船上均须装满，必使刻召可以刻行，方为缓急可恃。又须于各口要隘之处，添设煤厂、粮厂，以炮台守之，无论何省船到，皆可添装。庶彼此无转运之劳，来往得接济之益，而兵能神速，不至延误于煤粮，亦制胜之要务也。 备煤粮

一曰慎布置。天时不如地利，故行军以占地为先。己之立脚已稳，然后可以御人。夫海军既分为四支，则操演之地，藏泊之地，各支皆有其所宜。必于其地整顿炮台，加以数号蚊子船，分别扼要防守之。守之得法，敌人虽强，不能飞渡而入。然而海军巢穴，其命根操于后路陆军为之劲堵。水战之失，每以后路陆军溃散，牵累海军全局。故驻守海军之澳，其岸上后边门户，必厚集陆军，以防疏失。此亦布置海军者不容不筹及者也。 慎布置

一曰设炮台。沿海七省，要口极多，若尽以师船守之，则兵力愈分而愈薄。故曰战宜钢舰，守宜炮台。夫兵船藏泊之地，势必有船厂、船坞、机器局、军械局、煤厂、粮台、炮子火药库、鱼雷水雷库，海军之元气在焉。故必择必守之地为之，然亦非炮台之力不为功。且兵船时出操巡，泊港之日恒少，有炮台以为声援，则内地不至于空虚。故整顿海军战舰者，未有不整顿炮台者也。 设炮台

一曰壹章程。轮船水师，日间用通语旗，夜间用通语灯，此乃军中耳目。用之即熟，刻问刻应，如接面谈。同治年间，福州轮船营务处吴世忠刊刻旗书一册，业已传颁 壹章程

各省，但其中琐语太繁，于临阵紧要之言，转多未备。故各处或采掇而用之，或增减而用之，纷纷不同。近日北洋由洋员琅威理刊刻一卷，要语最备，实为军中利用之书。然其中尚属洋字，未译华语，各处亦无颁行。今使南北船海上相见，升旗问答，彼此难通。遇有急事，其何以呼救？其何以应援？宜将北洋现用旗书，译为华字，颁行各口水师，一律通用。至通语号灯，所以备夜间问答，亦宜照号旗之例，刊书颁行。是二事者，于水师大局最有关系。其馀各执事之号衣，必昭划一；各功罪之赏罚，不可参差；假期有定，升缺有常，必俟四支之兵分合调换，无不得宜，而后真成劲旅矣。

勤操练

一曰勤操练。向例，轮船操练每月遇房、虚、昴、星四日为停操之期，停操后第一日、第二日、第四日杂操洋枪、小炮、帆缆各技，第六日洗洁全船，惟第三日、第五日为大操之期。应由统领发出号令：起锚不起锚、升火不升火、用弹不用弹、用药不用药，然后全军按时起操，由管带督帅帮带以下立课勤惰，以行赏罚。至操演夜战，亦出全军，不意行之，观其备御之迟速，以课勤惰而记功记过。彼军中之士，有不知奋者乎？各口认真操练者，固不乏人，而视为具文、奉行故事者，正复不少。虚应操期，

需有如临大敌之心

瞒人耳目，安有如临大敌之心乎？此非当事者严行戒饬，不能挽久年之积习，而练成海上之劲兵也。又有二十五吨、三十六吨大炮，不演放则手技生疏，演放过多，又恐船炮受损，皆宜酌定章程，颁行遵守，而不容率意行之

者也。

一曰换巡防。操演之馀，必全队出巡。各口借以操习阵法，一也；经练风涛，二也；熟识地势，三也。又当令四支之军，每岁在上海吴淞会操一次，以考得失。会操以后，北洋、南洋及闽、广兵轮船全队互相调换，以半年为期，及期又为递换。周而复始，庶彼此无畛域之分，来去皆熟识之路，而大臣坐镇稽查，亦易以周矣。 换巡防

一曰禁差使。以兵船为转运，未有不误操防者。故船政制船之始，兵船之外，另制差船，如“海镜”、“琛航”、“永保”是也。厥后差事渐繁，遂以兵船为差使，运米运粮，装军械装兵勇，几于月不得闲，尚欲课其某日大操、某日小操，得乎？平时不操，欲课其临时杀敌，得乎？昔者福州亦有练船，学生在船读书，练习各技，而其船每月出差，装煤装砖，灰土积及教堂，师徒废书而叹。十寒一暴，安冀其练有成功哉？故认真整顿海军者，必须多制差船，以供驱使，庶使兵船专心于操防，不为转运所误。至若统帅差出，仍以差船为座驾，而兵船整队护送，最为得体。或统帅坐兵船，便于指教军中之事，而随员差役亦以分坐差船为是。庶使全军士卒知操防之不可误，而各思尽心竭力于其中，俾海军日见起色，岂不大慰朝廷之厚望也哉？ 禁差使

以上十策，悉关海军要务，条陈粗略，聊备刍荛。虽现时力量或有未逮，然国无海军，几不成国；矧必求备规模，亦非一时所能猝办，或者次第预筹，亦积渐自强之基础也。 国无海军几不成国

书后

人尝歉不早生数百十年前，得及亲古人所见闻。仆尝歉不迟生数百十年后，益得闻古人所未闻，见古人所未见。余尝偕滋铿尊甫一鉴先生从家讱吾夫子游。岁丙辰，余年十七，冬杪留钟峰草堂读，先生携幼侄镜如同寓文昌楼。寒夜篝灯，煮茗谈文，乐甚。余友林雪汀，茂才先生高弟子也，与英美各国牧师善，得新译《格致新篇》、《谈天》、《联邦志略》等书，夜来酣话，先生与余听而奇之。是时船政局未开，欧西诸书不多译，先生与余所闻于雪汀者，只得诸牧师之口述，虽未见，已诧为闻所未闻矣。不三十年，中西通和约，南北洋设机厂，而滋铿与乃兄滋膺读父书均有成。适李傅相奏派员弁赴英带机船，滋铿司文案事，得偕行。历新嘉坡、印度、红海，入伦敦，经西半球各国，转笑《赤雅》、《海岛图经》，何见闻不广也？嗟夫！浑沌死，造化乃日泄精华，而星学、算学、重

格致新篇
联邦志略

学、声学、光学、气学、化学，精益求精。在前明，泰西诸北朴鄙，犹古初也。未数百年，而子弟聪明才力，萃于智巧，机船无远不届，且电音瞬息万里，吾华习者能传之。视三十年前钟麓夜谈时，见闻已辟矣。倘再后数百年，触类旁通，地球中所制造，必有非意想所经者，惜今人不及见。然则余憾所生太早，岂僿言哉！

夫余行年知非，足迹未出中华，闻所未闻者，只得诸翻译诸书。而滋铿年较少，其《西行日记》乃获诸目击。则天之厚余视古人而胜，天之厚滋铿视余而胜，天之厚千百年后之人，又将视余与滋铿而胜。持此以复滋铿，滋铿必与余有同歉也夫？

世愚弟林元赓拜撰

前此十馀年，余方家居，读滋铿《西行日记》，为弁其首。今年滋铿谒选入都，滋铿年过四十，而余发亦渐一两茎白矣！前此海军未熸，西人视吾华犹复以礼。观滋铿所与游者，均眷眷动人。今虽以美洲秉礼自由之国，囚拘吾华行客，酷甚于野蛮之俗，而政府不能制焉。弹指十馀年，变局乃如是之迅，宜吾读滋铿之记，悲怆有若隔生者矣！

变局如是之迅

光绪三十年九月五日，林纾记于京华之春觉斋

附录来书

滋铿足下：

尊作已读过数遍，叙事明快动人。惟留诗过多，若能将诗稿提出，别编一集者，则更妙。

计与足下别十馀年，展卷时辄忆同舟北来，贤兄尚在舟次，匪所不谈。华年已逝，嵫景将来，彼此同有二毛之感也！

何日出都，当走送。嘱画旋即奉缴。即问吟安。

弟纾顿首

往读大著，倏忽十八年矣，几不复省忆。今邂逅羊城，又授卒读，爱之愈不忍释手。亟复于君曰：君毋以是书晚出为歉也。近人西游日记不知如干种，以郭、薛、曾三星使称最，然皆荦荦大者，详于朝而略于野，详于国政而略于民风。如君之身缒煤井几千百尺，郭、薛、曾讵有此东坡所谓士大夫终不肯以小舟夜泊绝壁之下者？宜西人之以华人第一次至此标识为荣也。至于祝颂实提生顺百年盛会，君当席陈词，今皆实验。往岁赎回粤汉铁路，浙沪继之，吾华遂大有生气。今羊城铁路股票不旬日而涨溢，不知君已于二十年前昌言之。往述君言，喜其旖旎言情，几疑不贤之识小；不知宇宙皆情之所弥纶，顺亲信友，获上治民，本相推暨。

郭薛曾日记称最

君今以县令需次羊城，上游稔其才，迭畀重任，至商部属君以全省矿务议员。君犹谦不自信，日从事谳局，孜孜于民生休戚、吏治善败之所关，劳形案牍，析理若牛毛茧丝，而颂声又大起。若是乎，贤者之不可测如此。

元稚与君为旧交，又联已丑同谱。今垂老客游，君从而祓濯之，授餐解衣如平生欢，始知情之所钟，正在我辈。向之不能恝然于彼都姝丽者，即今之不能恝然于讼庭匍匐、研席穷交也。前言詹詹，为一时兴会所寄，请于君而并存之。

时光绪丙午暮春朔旦，年愚弟王元稚顿首拜跋

附戊子年旧作

秉简赠芍，采于风诗，增后人几许曲说，几许回护，岂知诗教哉？《诗·序》云："国风好色而不淫。"又云："发乎情，止乎礼义。"斯言蔽之矣！厥后三闾放弃，美人香草，爰写《离骚》，然则儿女言情，岂士大夫之所当讳乎？吾友池君滋铿，从军海上，作泰西汗漫之游，归有述作。亟索观之，其叙程途之遐，制作之巧，风俗山川之异，亦他笔记所恒有；独于彼都士女，投赠往还，深情固结，读之真令人忍俊不禁。噫，竹垞风怀之诗，陶令闲情之赋，滋铿不为情所累乎？余惟情莫真于儿女，又莫先于儿女，政起闺房，道造夫妇，岂虚语哉！吾读是编，吾知滋铿矣，滋铿又奚以讳？

忆余同治壬申，奉沈文肃公命督带后学堂学生出洋，又命由闽厂备赀，附入江南出洋之侣往习天算，既而均不

果行。光绪乙亥季秋，从湘阴郭筠仙侍郎于都门，几几西行有日矣，又以威使断执不下，郭公未能首途。余奉丰润丁中丞之召，从军台阳，泰西之行又不果。否则，余当导滋铿以先路，置身其境，又当何如？迄于今，株守青毡，重钻故纸，龌龊凡猥，触境皆然，一无以扩其胸襟，舒其条啸，致令滋铿着我先鞭，又不禁感慨系之矣！

光绪戊子端阳节前一日，愚弟王元稚拜序

同治间，瀓文司榷九龙，时至香港。西人见我衣冠，咸谓是阿非沙也，遇之以礼。阿非沙者，译言官也。及光绪壬午，任潮连，有与外人交涉事，辄以理争之，无弗直者。甲午、庚子后，则迥非曩时可比矣。兹读滋铿明府《西行日记》，则是时彼都人士钦重吾华之意犹可概见，不知比来之游览泰西者能如是否？殊可慨也！编中文章经济之盛，固有目所共赏者也，瀓文惟有裣衽赞叹，以志景仰而已。

末吏陈瀓文僭注

各种日记以薛庸盦为最，而郭筠庵、曾袭侯所著亦略有可观，馀则自哙而已。今读滋铿先生大著，于彼国制造之精，三致意焉，《矿说》、《采煤说略》两篇，尤非精于此道者所能道只字。经济专席，非君而谁？宜其捧檄粤东，器重上游，而优差络绎也。

乙巳十二月，陈震拜识

外邦士女，爱才如命。读池大令佳作，大令之留心考究，具见一斑。士女之迎迓赠别，又何怪焉？读者幸无误会也。

丙午孟夏，治愚弟梁澜勋拜读

叙交有礼，纪事有法，一字一珠，拳拳感人。瀛洲海客，斯为美谈。

愚弟何长清拜读

绵密姿洁，陆云士、许鹤沙无此佳境也。

藕泉陈文濂注

殊乡风物，尽态极妍。笔墨之简洁，情韵之缠绵，晴窗展读，令人醉心于三岛十洲以外矣。佩服之至。

年小弟王懋中拜志

往余甥滋铿从事海军，偕林光禄开仕游欧洲，撰《西行日记》两卷归，属余馆光禄家，获浏览焉。盖虽一时泥爪因缘，而其微言远鉴，足以觇国情厚薄、彼族盛衰之机，非屑屑然簿录山川、杂摭见闻为也。十数年来，游历环球者弥夥，世局盖弥变矣。然彼邦人士女求如曩时隆宾礼、罄殷勤，亦何可得哉！而世有返自巴伦者，方且服左衽，言侏㑩，傲然挟其所得，以炫襮于侪偶，谓男儿作健宜尔也。其视滋铿所造，何如也？

今滋铿捧檄重莅粤。粤为余旧游地，俗尤与夷昵。吾知滋铿斯编出，其大夫士之贤且仁者，必有以伟视吾滋铿矣。于其行也，遂书此为别。

甲辰仲冬，舅刘菘英跋

卷中叙事言情，极其缠绵，极其畅达，毋庸多赘。读琴南跋“海军未熸”以下数言，不尽悲愤，我滋铿应有同慨焉。

年小弟吴鸿宾，乙巳春同客羊城志

曩余官京师，与闽中士夫游，多识时之彦。今读滋铿大令《西行日记》，审外情，察地理，采风问俗，原原本本，殚我见闻，而《探矿》、《治煤》两编，尤资矿学家津逮。乃者来莅斯土，必有能出其绪馀，以嘉惠吾粤者。余叹闽之多才，且为吾粤前途贺也。

丙午立春日，治愚弟邓宪禹拜读

《海军议》指陈时事，洞中机宜，迥异纸上谈兵。《勘矿志说》语语踏实，阅历有得之言。《西行笔记》详而不蔓，简而能赅。此才岂得以一官一邑限之！

年愚弟高觐昌拜读

《海军议》蒿目时艰，统筹全局，联络海军，诚为要著。所陈十策，均能切中机宜。佩服之至。

治愚弟梁澜勋又志

海军十策规切时事，洞垣一方，非身在军中了如指掌者，乌能道其只字。今良港坐失，人才日非，君亦屈官百里，捧檄炎陬，海军复兴，断难期诸旦夕。是篇正襟侃侃，藏之名山，顾亭林所谓立言不在一时也。

年愚弟王元稚又注

《海军议》按切时势，立论动合机宜，洋洋数千言，有常山蛇阵之势。识时务者为俊杰，作者庶几不愧。

制军杨石泉夫子评

池仲祐西行日记

人名索引

五画

六画

七画

八画

九画

十画

十四画

十五画

十六画

十七画

十八画

十九画

二十画

池仲祐西行日记

译名简释

三画

士他林

Stirling，斯特灵

士林

shilling，先令

万生园

Zoological Garden，动物园

四画

夫亦利、芙亦利

Whitley，惠特利

五画

可罗士、可罗可士

cullercoats

生士石火轮车站头

Central Station，火车站

生波礼拜堂

St. Paul's Church，圣保罗教堂

他人茅

Tyenmouth

立是花园

Leazes Park

礼拜学堂

Sunday School

边呢

penny，便士

六画

亚非利亚

Africa，非洲

迈乃柯

Minikal

则树盟亭

Jesmond Dene

多尔

Dover，多佛港

七画

苏彝士

Suez，苏伊士

围亦叨爱

Victorice

希述易

Sheffield，谢菲尔德

阿摩士庄

Armstrong，阿姆斯特朗

纽克所

Newcastle，纽卡斯尔

八画

坡是

Port Said，塞得港

若河

York，约克

罗窠可

Low Walker

九画

荡荷

Town Hall，市政厅

鸦兰打

Arundel，阿伦德尔

鸦罗斋

Algier，阿尔及尔

鸦罗山打

Alexandria，亚历山大

冒他

Malta，马耳他

十画

荷利无夷罗亭

Holywell Dene

挨苏逸、挨苏入

Elswick，埃尔西克

被卑士

Bay of Biscay，比斯开湾

十二画

博亚学堂

Board School

扉利茅

Plymouth，普利茅斯

缉蒲劳他

Gibraltar，直布罗陀

十三画

蒲萄牙

Portugal，今译葡萄牙

锡兰

Ceylon，今斯里兰卡

走向世界丛书一百种

初编三十五种以＊标出

谢清高 **海录**
＊ 容　闳 **西学东渐记**
＊ 林　鍼 **西海纪游草**
＊ 罗　森 **日本日记**
＊ 斌　椿 **乘槎笔记**
＊ 张德彝 **航海述奇**
＊ 王　韬 **漫游随录**
＊ 志　刚 **初使泰西记**
＊ 张德彝 **再述奇**（欧美环游记）
＊ 张德彝 **三述奇**（随使法国记）
王　芝 **海客日谈**
＊ 祁兆熙 **游美洲日记**
＊ 李　圭 **环游地球新录**
＊ 郭嵩焘 **伦敦与巴黎日记**
＊ 张德彝 **四述奇**（随使英俄记）
＊ 黎庶昌 **西洋杂志**
＊ 刘锡鸿 **英轺私记**
李凤苞 **使德日记**
钱德培 **欧游随笔**
＊ 何如璋 **使东述略及杂咏**
＊ 张斯桂 **使东诗录**
黄遵宪 **日本国志**
＊ 黄遵宪 **日本杂事诗**〔广注〕
陈兰彬 **使美纪略**
＊ 曾纪泽 **出使英法俄国日记**
＊ 王　韬 **扶桑游记**
＊ 徐建寅 **欧游杂录**
谭乾初 **古巴杂记**
王之春 **谈瀛录**
＊ 李筱圃 **日本纪游**
池仲佑 **西行日记**
蔡　钧 **出洋琐记**
袁祖志 **瀛海采问纪实**
张祖翼 **伦敦竹枝词**
王以宣 **法京纪事诗**
潘飞声 **西海纪行卷**
潘飞声 **柏林竹枝词**
潘飞声 **天外归槎录**
张荫桓 **三洲日记**
邹代钧 **西征纪程**
王咏霓 **道西斋日记**
张元济 **环游谈荟**
余思诒 **楼船日记**
缪祐孙 **俄游汇编**
张德彝 **五述奇**
＊ 傅云龙 **游历日本图经馀记**
傅云龙 **游历美加等国图经馀记**
洪　勋 **游历闻见录**
崔国因 **出使美日秘国日记**
＊ 薛福成 **出使英法义比四国日记**
＊ 薛福成 **出使日记续刻**
陈道华 **日京竹枝词**

严　修 **东游日记**
姚鹏图 **扶桑百八吟**
凤　凌 **游馀仅志**
* 黄庆澄 **东游日记**
吴宗濂 **随轺笔记**
宋育仁 **泰西各国采风记**
王之春 **使俄草**
伍廷芳 **美国视察记**
* 蔡尔康等 **李鸿章历聘欧美记**
张德彝 **六述奇**
刘学询 **考察商务日记**
黄　璟 **考察农务日记**
罗振玉 **扶桑两月记**
罗振玉 **扶桑再游记**
丁鸿臣 **东瀛阅操日记**
沈翊清 **东游日记**
* 梁启超 **新大陆游记**
张德彝 **八述奇**
载　振 **英轺日记**
吴汝纶 **东游丛录**
双　寿 **东瀛小识**
缪荃孙 **日游汇编**
周学熙 **东游日记**
* 单士厘 **癸卯旅行记**
凌文渊 **籥盦东游日记**
张　謇 **癸卯东游日记**
蒋　煦 **西游日记**
王景禧 **日游笔记**
陈　琪 **环游日记**
* 康有为 **意大利游记**
康有为 **德意志等国游记**
康有为 **英国游记**
* 康有为 **法兰西游记**
韩国钧 **实业界之九十日**
李濬之 **东隅琐记**
盛宣怀 **愚斋东游日记**
* 戴鸿慈 **出使九国日记**
金　鼎 **随同考察政治笔记**
* 载　泽 **考察政治日记**
程　淯 **丙午日本游记**
康有为 **西班牙等国游记**
杨泰阶 **东游日记**
文　恺 **东游日记**
左湘钟 **东游日记**
吕珮芬 **东瀛参观学校记**
* 林汝耀 **苏格兰游学指南**
* 单士厘 **归潜记**
金绍城 **十八国游记**
附 艾儒略 **职方外纪**
附 南怀仁 **坤舆图说**
附 丁韪良 **西学考略**
附 艾约瑟 **西学启蒙**

图书在版编目(CIP)数据

西行日记/池仲祐著．—长沙：岳麓书社，2016.8(2022.6 重印)
(走向世界丛书/钟叔河主编)
ISBN 978-7-5538-0531-3

Ⅰ．①西…　Ⅱ．①池…　Ⅲ．①日记—作品集—中国—近代
Ⅳ．①I265.5

中国版本图书馆 CIP 数据核字(2016)第 010868 号

XIXING RIJI
西行日记
作　　者：池仲祐
校 点 者：杨向群
责任编辑：杨云辉
责任校对：舒　舍
封面设计：吴颖辉　贺红梅

岳麓书社出版发行
地址：湖南省长沙市爱民路 47 号
直销电话：0731-88804152　0731-88885616
邮编：410006

版次：2016 年 8 月第 1 版
印次：2022 年 6 月第 2 次印刷
开本：890mm×1240mm　1/32
印张：4.75
字数：110 千字
ISBN 978-7-5538-0531-3
定价：30.00 元

承印：北京虎彩文化传播有限公司

如有印装质量问题，请与本社印务部联系
电话：0731-88884129